CW00460788

DREIFACHER ÄRGER

BAD BOY LIEBESROMANE

JESSICA FOX

INHALT

Veröffentlicht in Deutschland:

Von: Jessica F.

© Copyright 2021

ISBN: 978-1-64808-958-9

ALLE RECHTE VORBEHALTEN. Kein Teil dieser Publikation darf ohne der ausdrücklichen schriftlichen, datierten und unterzeichneten Genehmigung des Autors in irgendeiner Form, elektronisch oder mechanisch, einschließlich Fotokopien, Aufzeichnungen oder durch Informationsspeicherungen oder Wiederherstellungssysteme reproduziert oder übertragen werden. storage or retrieval system without express written, dated and signed permission from the author

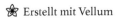 Erstellt mit Vellum

Funken fliegen auf einer einsamen karibischen Insel, als drei heiße, verzweifelte Ex-Sträflinge die einsame Krankenschwester Alanna miteinbeziehen

um das Leben von einen der drei zu retten. Mitten in der Nacht, von ihrer Kreuzfahrt gerissen, wird sie eine Frau mit einer Mission... aber es ist schwer, mit so vielen gutaussehenden Männern auf die Aufgabe konzentriert zu bleiben.

Alle drei Männer wollen sie und sind bereit sie zu teilen. Ein Monat voller Entspannung, Verführung und überwältigendem Sex? Die jungfräuliche Alanna kann nicht widerstehen.

Aber als jedermanns Gefühle tiefer werden, erschwert eine unerwartete Überraschung alles: Alanna ist schwanger. Wenn Eifersucht und Gewalt auf der Insel ihre Köpfe recken, wird ihre neue Liebe dann bestehen?

Als die attraktiven, wohlhabenden Ex-Sträflinge Daniel, Sebastian und Jake aus den Vereinigten Staaten flohen und ihr privates karibisches Paradies kauften, schworen sie, alles zu teilen - einschließlich ihrer Frauen.

Und alles hat für fünf Jahre gut funktioniert. Aber als ein brutaler Angriff von örtlichen Piraten Jake mit einer infizierten Wunde zurücklässt, suchen seine Partner plötzlich schnell nach einer Lösung.

Ihr überraschender Held? Die gelangweilte, einsame Krankenschwester Alanna, die auf einer nahegelegenen Singles-Kreuzfahrt aus der Hölle dahinsiecht. Ironischerweise sind die einzigen Männer auf der Kreuzfahrt, die ihr tatsächlich gefallen, diejenigen, die mitten in der Nacht in ihre Kabine eingebrochen sind, um sie zu entführen. Sie willigt ein, mit ihnen mitzugehen... und die Funken beginnen beinahe sofort zu sprühen.

Ihre Insel ist ein Paradies und alle drei Männer haben sich in Alanna verguckt. Sie haben geschworen, sie zu teilen und die Eifersucht beiseite zu schieben. Aber als sich ihre Affäre in Liebe verwandelt, wird eine unerwartete Schwangerschaft die Fähigkeit der drei Männer auf die Probe stellen, eine Frau zu teilen.

KAPITEL 1

ALANNA

„Komm schon, Süße", sagte der Mann mit Glatze und verdächtigem Bräunungsstreifen an seinem linken Ringfinger mit widerlichem Lächeln. „Keiner von uns ist noch jung, also ist es nicht so, als könntest du dir die Männer hier auf der Kreuzfahrt aussuchen."

Die Beleidigung versetzt mir einen Stich; Ich lasse meine Zeitschrift sinken und ziehe eine Augenbraue hoch, um ihn mit, wie es die anderen Mädels bei der Arbeit nennen, meinem besten ,genervte Krankenschwester'-Blick zu fixieren. Ich bin hier auf das Deck gekommen, um ein wenig Sonne zu bekommen und mich zu entspannen, und ich bin bereits zwei Long Island Eistees in einem kleinen Saufgelage. Dieses notgeile Arschloch steht mir in der Sonne und versucht, mich dazu zu überreden, ihn zu vögeln, und mir ist nicht danach, diplomatisch zu sein.

Ich habe diese Art Männer schon viele Male zuvor gesehen: klein, dicklich, die ergrauenden, herübergekämmten Haare ungefähr so verbergend wie ein paar Streifen Farbe auf dem Schädel, und vor allen Dingen so tuend, als wäre er dazu berechtigt. Er starrt mich mit seinen gierigen kleinen Augen an, als stünde er in der Schlange für den *People's* „Sexiest Man oft the Year"-Titel, und als wäre ich irgendein naives, verzweifeltes, unattraktives Mädchen. In Wirklichkeit ist er so langweilig und gewöhnlich wie Weißbrot.

Und ich nicht. Ich bin ein eins fünfundsiebzig großer, braunäugiger Rotschopf, und ich trage momentan einen violetten Neopren-Tankini. Judo, Yoga und Schwimmen haben zu einem tollen Körper geführt, selbst wenn momentan niemand in meinem Leben ist, dem ich ihn vorzeigen könnte. Ebenfalls habe ich ein umwerfendes Lächeln—nicht, dass dieser Kerl es je zu sehen bekommen wird.

Meine Gründe dafür, allein zu sein, haben nichts mit Alter oder fehlender Attraktivität zu tun. Ich bin nur... wählerisch. Meine Libido ist eine pingelige Sache - so flatterhaft wie die Muse eines Schriftstellers—und bisher hat es auf dieser gottverdammten Singles-Kreuzfahrt niemand geschafft, mein Interesse zu wecken.

Aber dieses Arschloch muss nichts davon wissen.

„Ich bin siebenundzwanzig. Mindestens halb so alt wie Sie, würde ich wetten", sage ich mit kalter Stimme. „So wie es aussieht, sind Sie auch *verheiratet* und suchen nach jemandem, mit dem sie fremdgehen können. Sie wollen meine Meinung über Fremdgänger nicht hören, also ist es wohl am besten, wenn Sie jetzt gehen, bevor ich mich dazu entscheide, Sie aufzuklären."

Er wird blass und ihm fällt die Kinnlade herunter. Anscheinend dachte er, seinen Ring zuhause zu lassen wäre ein idiotensicherer Plan. Langsam blickt er auf den blassen Streifen auf seinem Ringfinger herunter, dann wird er rot. „Du Schlampe—"

Im Bruchteil einer Sekunde stehe ich direkt vor ihm.

Ich verbringe fünf bis sechs Tage pro Woche, *jede Woche*, damit, Anweisungen von Ärzten mit meinen Händen in den Körperöffnungen von Menschen - und manchmal ihren blutenden Wunden - anzunehmen. Ich habe Gangmitglieder, gewalttätige Irre und Menschen mit vorübergehenden Superkräften dank Badesalz konfrontiert. Ich bin kein Feigling.

Das Letzte, was ich tun werde, ist, mir meinen Urlaub von irgendeinem fetten, alten Mann versauen zu lassen, der darauf aus ist, seine Frau zu betrügen. Diese Kreuzfahrt ist auch ohne seine Hilfe schon enttäuschend genug.

„Wie bitte?", knurre ich, direkt in sein aufgedunsenes Gesicht starrend. „Kriegen Sie weiter einen Wutanfall, weil eine Frau nein zu Ihnen gesagt hat. Schauen Sie, was passieren wird. *Trauen* Sie sich."

Er scheint ein paar Größen kleiner zu werden, erneut blass im Gesicht. Er öffnet den Mund, aber ich hebe einen einzelnen, autoritären Finger, um ihn zu unterbrechen.

„Gehen Sie zurück zu Ihrer Frau, bevor Sie verletzt werden." Nicht gerade eine Drohung, aber auch keine leeren Worte.

Er starrt einen Moment länger, sein Mund sieht so aus, als wolle er einen Satz bilden, aber er scheint etwas an mir zu spüren, mit dem er sich nicht anlegen will. Ich starre unerbittlich zurück. Nach ein paar Sekunden dreht er sich um und schleicht davon. „Rotschöpfe sind alle verrückt", murmelt er vor sich hin, und ich lache ihm scharf hinterher.

Ich stehe erneut allein da, und mir sinkt das Herz, während ich mich umsehe. Rosa, meine betreuende Krankenschwester und beste Freundin, hat mir diese Singles-Kreuzfahrten seit Jahren empfohlen. Ich wollte schon immer eine Kreuzfahrt ausprobieren, und das ganze ‚fortwährend single'-Leben war mir in letzter Zeit wirklich nahgegangen, also schien es eine gute Idee zu sein.

Zu diesem Zeitpunkt.

„Heilige Scheiße, womit hab ich das verdient?", grummle ich, lasse mich zurück in meinen Liegestuhl fallen und trage noch mehr Sonnencreme auf. Ich kann nicht allzu lang hier draußen sein, die karibische Sonne ist brutal, besonders auf meiner hellen Haut—das Elend eines Rotschopfes. Außerdem habe ich auf die harte Tour gelernt, dass mir das Aufhalten im Bikini über einen längeren Zeitraum hinweg die falsche Art von Aufmerksamkeit gibt.

In meinen Gedanken hake ich eine Liste der Männer ab, die ich innerhalb von nur anderthalb Tagen auf dieser Kreuzfahrt kennengelernt habe, seit das Schiff in Miami abgelegt hat. Außer dem verheirateten Max war da der überneugierige George, der auf alle geile Henry und der streitsüchtige Rupert. Ich hatte ebenfalls den fortwährend betrunkenen Mike kennengelernt, den gruseligen Charlie, den gruseligen Edgar, den Dominanzmöchtegern David, Fuckboy

Cody, den süßen Schwulen Matt, den liebreizenden Schwulen Bob, den Schwulen Devon—ich hoffe wirklich, dass sie einander unter all diesen rüpelhaften, heterosexuellen Kerlen finden können—und Warnflagge Rory.

Null für dreizehn. Und die einzigen attraktiven und freundlichen waren schwul. Bin ich kaputt oder sowas? Oder habe ich einfach immer nur eine miese Auswahl?

Aber Rosa erzählt immer davon, wie viel Spaß sie auf diesen Kreuzfahrten hat.

Was bei mir das Gefühl hinterlässt, dass es an mir liegen muss. Bin ich frigide?

Bin ich *verflucht*?

Genug mit dem Selbstmitleid. Ich entscheide mich dazu, in den Pool zu gehen, um meine Frustration loszuwerden, und dann vor dem Abendessen ein Nickerchen zu machen. Morgen werde ich mich in einem anderen Teil des Schiffes aufhalten und sehen, ob die Leute dort besser sind.

Jemand auf dieser verrückten Kreuzfahrt muss es wert sein, ihn kennenzulernen. Oder zumindest wert sein, ein wenig tatsächliche sexuelle Erfahrung von ihm zu bekommen. Ich bin es leid, die älteste Jungfrau zu sein, die ich kenne. Es ist eine Sache des Stolzes —und auch der Neugier. Ich möchte wissen, wie Sex—guter Sex—ist.

Trotz dem, was manche meiner Freunde denken, habe ich tatsächlich einen Sexualtrieb—er ist aber nur in einem Zustand der konstant frei schwebenden Frustration, sich nie stark genug auf einen Mann fixierend, um daran zu denken, meine Jungfräulichkeit zu verlieren. Also nehme ich an, dass ich nicht frigide sein kann.

Aber warum bin ich so wählerisch?

Ich bin nicht an Mädchen interessiert. Ich hatte meinen gerechten Anteil an Schwärmen für Filmcharaktere oder Promis oder Männer in Büchern, oder, ein bis zweimal, einen Lehrer oder jemand anders völlig unerreichbares. Ich stehe auf Männer... aber ich stehe nicht auf Männer, die auf mich zugehen, als täten sie mir einen Gefallen, indem sie überhaupt mit mir reden, oder die mich so behandeln, als wäre ich eine Nutte, die sie kostenlos benutzen könnten.

Ich will das echte Ding, denke ich, während ich mein Magazin und mein Glas mit Eis nehme und mich auf den Weg zu den Schwimmbecken mache. Ich möchte wissen, wie es ist, mir vor Lust die Lunge aus dem Leib zu schreien, während ein Mann, den ich wirklich *will*, meinen Körper wie ein Instrument spielt. Ich möchte wissen, wie es ist, in jemandes Armen zu liegen und es einfach zu genießen, dort zu sein.

Ich möchte Sex, Liebe, Orgasmen, Ehe, Kinder und einen ruhigen Ort zum Niederlassen—vorzugsweise irgendwo im Grünen und Warmen. Ich habe meine winzige Wohnung in Miami und das Bett, das ich mit absolut niemandem teile, satt. Aber meine unberechenbare Sexualität und die schiere Anzahl an unangenehmen, unverfügbaren oder unangemessenen Männern, denen ich immer wieder begegne, haben es sehr schwer gemacht.

Im Vorbeigehen gebe ich mein Glas einem Kellner; er ist jung und unwesentlich süß, und seine dunklen Augen wandern über mich, als ich mich zum Gehen wende. Ich bin mir dessen bewusst, aber das ist so ziemlich das einzige Gefühl, was ich aufbringen kann. Ich bin nicht beleidigt oder geschmeichelt oder erregt. Ich lege meine Zeitschrift und Handtuch auf einen Liegestuhl in der Nähe des tiefen Beckenendes, gehe zum Beckenrand und springe hinein.

Das kühle Wasser schließt sich über meinem Kopf und ich gleite, endlich mit einem Gefühl von etwas Frieden in dem halb verlassenen Pool. Die Bahn ist schön und lang, und noch besser ist, dass ich sie für mich alleine habe. Ich entscheide mich dafür, den Rest meiner Zeit unter der Sonne mit Abkühlen und dem Dehnen meiner Muskeln zu verbringen. Das Schwimmen gibt mir etwas Zeit, um in Ruhe nachzudenken, ohne mich in meiner Kabine verstecken zu müssen.

Ich bin entschlossen, mein kleines Problem zu lösen und mich nicht mit jemandem zufrieden zu geben, der mich nicht anmacht. Warum sollte ich?

Nein, ich werde einfach weitersuchen müssen, bis ich einen

Mann finde, den ich wirklich, wirklich mag. Und wenn ich das tue, bekommt er all meine Liebe.

Ich bin fast am flachen Ende des Pools angekommen, als irgendein Arschloch in Boardshorts mit den Füßen voran reinspringt und mir im Weg steht. Ich tauche auf, sofort anhaltend. „Was zur Hölle?"

Und dann erkenne ich ihn und zucke zusammen. „Cody, verschwinde verdammt nochmal aus meiner Bahn, ich ziehe hier Bahnen."

Fuckboy Cody steht mit demselben dämlichen, selbstgefälligen Grinsen da, das er immer in meiner Nähe zeigt, und wippt mit dem Kopf, die Arme stur vor seiner dürren Brust verschränkt. Er ist achtzehn—wahrscheinlich kaum achtzehn—und ich habe keine gottverdammte Idee, wie er sich diese Kreuzfahrt leistet. In seiner freien Hand hat er sein Handy, mit gerade mal einem Frühstücksbeutel darum gewickelt, um es vor dem Wasser zu schützen.

Das allein stellt klar, dass er nichts mit seinem eigenen Geld gekauft hat.

„Wenn du etwas Bewegung willst, solltest du mich mit in deine Kabine nehmen. Ich gebe dir viel davon." Und er langt nach unten und greift sich in den Schritt seiner Shorts.

Ich kann spüren wie mein Kopf anfängt zu Schmerzen. „Geh. Weg. Aus. Meiner. Bahn." *Idiot.*

Er ist einer aus dem Wurf von ungefähr fünf älteren Teenagern, die bisher während der ganzen Kreuzfahrt nur andere belästigt haben. *Wie sind sie an Bord gekommen, und warum rennen sie rum und plagen Frauen, die doppelt so alt sind wie sie?*

Codys Grinsen wird noch schmieriger. „Du brauchst wirklich einen guten Schwanz. Rate mal—ich habe einen tollen." Und er öffnet sein Handy und hält es mir hin, um wahrscheinlich das beste in der Ausbeute seiner Schwanzbilder zu zeigen.

Ich bin Krankenschwester. Ich habe viele Schwänze gesehen. Ich sehe mir das Foto an, den Mund zu einer unbeeindruckten Linie gepresst, und sehe dann wieder nach oben zu seinem leer grinsenden Gesicht. „Du machst Witze, oder?"

Langsam versteht er, dass ich den Bildern seines daumengroßen Schwanzes keine Aufmerksamkeit schenke und weder ausflippe oder mich angeregt verhalte. Stattdessen starre ich nur weiter ernst auf ihn hinab, bis sein Grinsen nachlässt. „Was?", bringt er letztendlich heraus, wobei er ehrlich verwirrt aussieht.

„Ich habe keine Zeit für sowas." Ich wende mich von ihm ab, drücke mich vom Boden weg und tauche vorwärts springend ins Wasser ein, im Wissen, dass er dort stehen und meinen Hintern ansehen wird, wenn er auftaucht. Vielleicht macht er sogar ein Foto.

Ich kicke einmal mit dem Bein, was eine Wasserfontäne in seine Richtung stößt.

Ich höre seinen Aufschrei der Empörung, während ich schnell wegschwimme und durch mein Prusten Blasen entstehen. *Was zur Hölle dachtest du, würde passieren, wenn du dein Handy mit in einen Pool nimmst?*

Meine grimmige Belustigung lässt bald nach, als meine Einsamkeit und Frustration wieder in mir aufsteigen, was dafür sorgt, dass ich traurig zum tiefen Ende schwimme.

Wann lerne ich einen Mann kennen, der wirklich aufregend ist?

KAPITEL 2
DANIEL

Ich schaffe es, der auf meinen Kopf gezielten Machete auszuweichen, sodass sie in den Baumstamm der Palme hinter mir schlägt, dann trete ich ihrem Besitzer in den hohlen Bauch. Er grunzt und schwankt, bleibt aber stehen.

„Ah, scheiße", murmle ich und versuche, nach meiner Pistole zu greifen, während ich einem weiteren Hieb auf meinen Hals ausweiche. Ich habe keinerlei Pläne, heute enthauptet zu werden.

Niemand, der je von Daniel Case gehört hat, der Kerl, der mit sechzehn das Nordamerikanische Luft- und Weltraum-Verteidigungskommando gehackt hat, würde erwarten, mich hier zu finden. Ich gehöre so ziemlich vor einen Computerbildschirm, wo ich durch die endlosen Datenströme surfe, Informationen stehle und Einträge abändere.

Also warum zum Teufel kämpfe ich gegen Piraten?

„Ein wenig Hilfe hier, Jake?", rufe ich, betend, dass mein Ex-Soldat Partner immer noch in Hörweite ist. Mein anderer Partner, Sebastian, ist mit seinem Gewehr in einem Baum und schießt die Piraten ab, die den Raketenwerfer bedienen.

Das Bootshaus wurde in die Luft gejagt. Das meiste davon treibt jetzt in brennenden Fetzen neben unserem ebenso ausgebrannten

Fischerboot. Was das Schnellboot und die Yacht angeht, da krabbeln ein halbes Dutzend haitianische Piraten darauf rum und schreien einander in Kreol an, da sie keines von beiden starten können.

So ein Pech für sie, dass wir nur auftanken, wenn wir tatsächlich raus aufs Wasser gehen.

Ich weiche einem weiteren Schlag aus. Der dünne Mann im zerlumpten roten T-Shirt und Kopftuch funkelt mich mit seinen blutunterlaufenen Augen wütend an, dazu entschlossen, mich zu zerhacken, egal wie oft er riskiert, seine Klinge an den Bäumen kaputt zu machen.

Ich gebe auf und ziele mit der verdammten Pistole. Er weicht endlich zurück, immer noch mit wütendem Blick.

Ich hasse das Töten. Ich habe es nur einmal getan, und ich versuche zu vermeiden, es ein zweites Mal zu tun. Anders als meine Partner habe ich mich nie gut an unser neues Leben angepasst.

Er beleidigt mich auf Kreol und zischt dann, dass er meine Mutter vögeln wird, wenn er mit mir fertig ist.

Ich antworte in seiner Sprache und lasse ihn wissen, dass meine Mutter im nördlichen Teil New Yorks ist, wo sie meine ganze Existenz missbilligt, er also der Schlampe sehr willkommen ist, wenn er die Flugreise bezahlen kann.

Er stößt ein verwundertes Lachen aus und er wird nur für einen Moment unachtsam—also lasse ich die Sicherung der Waffe aktiv und schlage ihm so hart ich kann mit dem Stück Metall ins Gesicht. Blut fliegt aus seiner Nase und er fällt zu Boden wie ein Stein.

„Au." Der Aufprall hat mir an der Hand wehgetan, und ich schüttle sie kurz aus, bevor ich seine Machete greife und zur Seite werfe. *Einer erledigt, noch viel zu viele zu erwischen.* Er hat ein Walkie-Talkie bei sich, und ich hake es in meinem Gürtel ein, um zuzuhören, während ich seine Handgelenke und Knöchel mit Kabelbindern fessle.

Piraten sind in jeder Sprache vulgär: Englisch, Somalisch, Russisch, Kreol—der Schwall an Obszönitäten und Beleidigungen in ihrer Kommunikation folgt demselben einfachen Muster.

„Was dauert so lange, ihr faulen Volltrottel-Verlierer?", höre ich vom Empfänger.

„Es gibt kein Benzin und der verdammte Tank zum Auffüllen ist verschlossen, Boss!"

„Na, was macht ihr dann immer noch auf diesen Booten, einander die Schwänze lutschen? Geht und helft, diese reichen, weißen Bastarde zu fangen! Dann können sie die Boote auftanken!"

„Nicht so einfach, Boss. Da ist ein Arschloch im Baum mit einem Gewehr! Er hat bereits zwei von uns erwischt! Wir sind festgenagelt."

Ein wütendes Knurren. „Dann feuert eine Rakete auf ihn ab, Schwachkopf!"

„Wir wissen nicht, in welche verdammte Richtung wir feuern sollen—" Ein leises Grunzen, dann ein Klappern, gefolgt von einem dumpfen Aufprall.

Ich seufze erleichtert und kontrolliere erneut meine Umgebung, bevor ich weitereile, den Kerl am Baum festgekettet zurücklassend. Ich behalte die Pistole in der Hand und stecke die Machete in meinen Gürtel.

Sieht aus, als hätte Sebastian bisher drei von ihnen erwischt. Ich gehe besser Jake helfen—wenn er das überhaupt braucht. Aber wo zur Hölle ist er?

Der mitten in der Unterhaltung stattgefundene Tod seines Mannes scheint den Piratenkapitän nicht zu nerven. „Wie können meine Cousins so nutzlos sein? Wie schlagen sich die Plünderer? Alain! Seid ihr schon durch das verdammte Tor durch?"

Klappern, dumpfe Schläge, gefolgt von gedämpften Schreien. „Aaah! Scheiße, scheiße, scheiße... *scheiße*, er schlägt uns die Köpfe ein—"

„Alain?"

„Hiiiiiilfe!"

Ich verschlucke mich an einem Lachen. *Oh. Das ist Jake also hingegangen.*

Der ehemalige Army Specialist ‚Big' Jake Cosgrove ist der hauptsächliche Grund, aus dem Sebastian und ich fähig waren, drei Jahre auf Rikers Island zu überleben. Der Kerl ist ein Krieger. An meinem Tisch würde er vor Langeweile sterben.

Für einen zutiefst ehrenhaften Mann liebt er einen guten Kampf wesentlich mehr, als es mir lieb ist.

Bis wir natürlich um unsere Leben kämpfen. Dann erinnere ich mich daran, warum wir seine Wildheit brauchen.

Ich kontrolliere den schmalen Pfad, der zwischen den Bäumen vom brennenden Steg nach oben zu unserem ummauerten Gelände ganz weit oben führt, dann beginne ich, leise den Hügel hinaufzuklettern. Ich höre weiter mit zu, während ich laufe und ein Plan entwickelt sich in meinem Kopf.

Jetzt und ein weiteres Mal während ich klettere, ertönt ein lauter Knall über dem Hang, und ich weiß, dass Sebastian, so geduldig wie eine Spinne, einen weiteren Piraten abschießt.

Er hat die Fähigkeiten eines Scharfschützen schnell erlernt, nachdem Jake angeboten hat, es ihm beizubringen. Es ist eine weitere entsetzlich nützliche Fähigkeit. Aber anders als Jake ist Sebastian kein Soldat. Nur ein talentierter Amateur, der besser darin ist, sein Herz zu verschließen, als jeder, den ich je gesehen habe.

Jedes Mal, wenn er den Abzug drückt, weiß ich, dass er es tun muss, und ich frage mich immer noch, wie er es erträgt. Bisher habe ich nur einen Piraten geschlagen—aber ich habe ebenfalls die Abschleppausrüstung an ihrem modifizierten Fischerboot wirkungslos gemacht, ihre Verankerung und Ankerleine zerschnitten, den Tank zum Auffüllen verschlossen und das Feuer davon abgehalten, sich auszubreiten—und das alles, ohne angeschossen oder in die Luft gejagt zu werden.

Ich töte nicht, ich nutze stattdessen meinen Kopf—zusätzlich dazu, viel umherzuschleichen.

Jeder von uns hat eine Fähigkeit, die er einbringt, wenn wir als Team arbeiten. Jake ist zäh. Sebastian ist überzeugend. Ich? Ich bin clever.

Während ich den Pfad hinaufrenne, stecke ich bereits knöcheltief im Innenleben des Walkie-Talkies, um ein paar Drähte zu tauschen. Dann trenne ich den Lautsprecherausgang, drehe die Lautstärke so weit auf wie nur irgend möglich und stelle das Funkgerät auf den Boden, den Übertragungsknopf mit einem Stein unten haltend.

Das schrille Gekreische der Rückkopplung bricht auf dem ganzen Hang aus, während mehrere Männer schreien und fluchen. Ich eile nach oben und lache vor mich hin, als ich auf das Geschrei in der Nähe der Tore unseres Geländes renne. Ich habe soeben ihre Kommunikation miteinander unterbrochen und sie alle abgelenkt.

Ich frage mich, ob ihr Boss bereits bemerkt hat, dass er langsam aus der Lagune hinaustreibt?

Der laute Knall einer Explosion unten am Strand wirft in mir die Frage auf, ob wir ein Boot ersetzen werden müssen oder ob die Piraten soeben ihr Fahrzeug verloren haben—und ihren Boss. *Was zur Hölle hast du getan, Sebastian?*

Ich ziehe erneut meine Waffe, als ich die Spitze des Hügels erreiche—und halte gerade an der Baumgrenze an der Lichtung vor unserem Gelände an. Sechs Männer liegen auf dem Boden: vier bewusstlos und zwei stöhnend, entwaffnet und sich krümmend. Während ich zusehe, fliegt einer der vier, der immer noch auf den Füßen ist, nach hinten und landet auf dem Hintern im Dreck, während er sich vornüber über seinen verletzten Bauch krümmt.

Der Mann inmitten des Gemetzels hat eine Machete in der einen und einen kaputten Baseballschläger in der anderen Hand. Seine Waffe ist bereits leer. Seine große Gestalt ist in dauerhafter Bewegung, das gelbbraune Haar fliegt, während er jeden Mann mit brutalen Schlägen von dem halb offenen Tor wegtreibt.

Es ist ein fantastischer Anblick—bis ich das Blut bemerke, das die linke Wade seiner gebleichten Jeans durchtränkt. Gestochen oder angeschossen—es ist ein Wunder, dass er sein Bein immer noch benutzen kann—und stark genug blutend, um ihm gefährlich zu werden. Besonders wenn er niedergeht, bevor der letzte Pirat es tut.

Scheiße. Ich bin froh, dass ich gekommen bin, um ihm Unterstützung zu bieten. Keine Ahnung, wie lange er es mit solch einer blutenden Wade aushält.

Ich kann das Feuer in Jakes grünen Augen sehen und weiß, dass er mich nicht hören könnte, selbst wenn ich direkt neben ihm stünde. Ich weiß nicht, ob etwas Altnordisches in ihm steckt, aber er verhält sich definitiv so, wenn er tief in einen Kampf gerät. Er ist wie ein Berserker, verloren in der schier grausamen Freude daran, andere fertigzumachen.

Die Piraten, die entweder durch irgendein Aufputschmittel gepusht, verzweifelt oder unglaublich dumm sind—oder irgendeine Kombination daraus—gehen weiter auf ihn los. Sie werden wieder und wieder zurückgeschlagen, bis sie zerbrechen.

Einer von ihnen, der mit einer Pistole dasteht, erregt meine Aufmerksamkeit. Ich beginne, mich zu ihm zu schleichen, meine Waffe die ganze Zeit auf ihn gerichtet, wobei ich bete, dass ich zu ihm komme und ihn irgendwie entwaffnen kann, bevor ich sie benutzen muss. Wenn sein Finger sich auch nur anspannt, werde ich dazu gezwungen sein, ihm in den Kopf zu schießen.

„Geht aus dem weg, ihr dämlichen Hunde!", schreit er frustriert, aber sie ignorieren ihn und versuchen weiter zu kämpfen. „Ich kann keine Kugel in ihn jagen, wenn ihr im Weg seid!"

In diesem Moment stolpert einer der letzten Piraten mit einem gebrochenen Arm zurück—und sein Kopf fliegt durch einen gezielten Tritt ans Kinn nach hinten, was ihn hintenüber fallen lässt. Er hinterlässt eine Lücke in der Menge; der Schütze grinst und zielt—

—und der obere Teil seines Kopfes fliegt in einem Stück weg, bevor er zusammenbricht und seine Pistole harmlos in den Dreck feuert.

Ich starre ihn an, dann hinab auf die Waffe in meiner Hand, mit immer noch durch den Rückstoß schmerzendem Arm. Ich habe sie nicht feuern hören. Ich erinnere mich nicht einmal daran, den Abzug gedrückt zu haben.

Oh Gott, denke ich, als sich Galle in meinem Rachen sammelt. Ich muss mich für einen Moment zusammenreißen, ich kann nachher ausflippen. Zitternd atme ich tief ein und der kalte Schweiß der Übelkeit bricht auf meiner Haut aus, dann richte ich meinen Fokus wieder auf meinen Freund und Partner.

Ich höre das knirschende Krachen, als Jake die Köpfe der letzten zwei Soldaten zusammenschlägt. Ein paar von ihnen humpeln den Pfad hinunter zurück, unbewaffnet und blutend, sich so schnell bewegend wie sie können. Ich drehe mich um, immer noch im Versuch, meinen Magen davon abzuhalten, mein Mittagessen hochzuwürgen, und sehe Jake dastehen, keuchend und triumphierend, das Höllenfeuer verlässt langsam seine Augen.

„Danke", sagt er, als er sprechen kann. „Du hast mir das Leben gerettet."

Ich erzwinge ein Lächeln und stecke die Pistole weg. Ich kann die Leiche nicht ansehen, die ich soeben verursacht habe. „Ich habe mich nur ein wenig bei dir revanchiert, Kumpel."

Er grunzt und nickt anerkennend, bevor er sich die Mischung aus bewusstlosen, verletzten und gebrochenen Körpern ansieht. „Sieht aus, als ließen sie ihre Männer zurück."

Er klingt angewidert, und ich kann es ihm nicht verübeln. Wir mögen vielleicht Gesetzlose sein, aber wir haben alle sehr bestimmte Gefühle über die Ehre. Besonders Jake.

„Naja, es sind verdammte Piraten. Und nicht wie Marcel." Marcel ist ein Pirat, aber er kommt, um zu handeln und ein paar Bier zu trinken. Er ist nicht dumm genug, um uns anzugreifen. Nur wenige sind das.

Ich kann Geschrei am Strand hören und das Rumpeln eines alten Bootsmotors. Dieses tiefe Diesel-Grummeln des Fischerboots war das, was mich darauf aufmerksam gemacht hat, dass wir Gesellschaft haben, als all das angefangen hat. „Ich glaube, wir haben sie in die Flucht geschlagen."

Er sackt etwas vor Erleichterung und Erschöpfung zusammen— und Verzweiflung über die leichtsinnige Dummheit der Piraten. „Verdammt, endlich. Die Hälfte dieser Idioten ist aus schierer Sturheit gestorben."

Ich funke Sebastian an, das Mikrofon an meinem Hals berührend. „Hey, Bastian, hier oben sind alle tot und verletzt. Ein paar Überlebende kommen in deine Richtung. Sind die am Strand auf der Flucht?"

„Die Überlebenden." Er klingt ein wenig zittrig, was merkwürdi-

gerweise beruhigend ist. Welcher Teil auch immer von ihm, der kalt-
herzig Menschen mit einem Gewehr abschießen kann, ist jetzt unter
der Oberfläche verschwunden, genau wie Jakes dunkle Seite. „Ich
befürchte, wir werden uns ein neues Schnellboot besorgen müssen.
Einer von ihnen hat mit dem Raketenwerfer auf den Benzintank
gefeuert."

Ich zucke zusammen. „Das war also der Knall. Ihr Boot scheint
noch zu funktionieren. Warten die auf ihre Verletzten oder müssen
wir sie selbst nach Haiti zurückschiffen?"

„Sie decken die Flucht ihrer Männer, wahrscheinlich auf Anwei-
sung des Kapitäns. Von den zwanzig ist nur noch eine Handvoll
übrig. Seid ihr Jungs okay?"

Seine Sorge beruhigt mich weiter, aber ich fange nicht an,
darüber zu jammern, den einen Kerl erschossen zu haben, selbst
wenn es an mir nagt. Wenn ich es tue, wird er mir ruhig von den
Kerlen erzählen, deren Köpfe er soeben weggepustet hat, und dann
fühle ich mich noch schlechter. „Jake blutet und sie haben das Tor
beschädigt. Sie sind allerdings nicht auf das Gelände gekommen."

„Scheiße, einer von ihnen hat Jake erwischt? Ist er immer noch
auf den Beinen?"

Ich blicke zurück zu Jake, der ruhig umherhumpelt und den
Piraten ihre Waffen abnimmt. „Naja, ja, aber das ist Jake."

Sebastian prustet. „Ich hab dich schon verstanden. Ich komme
hoch und helfe dir, ihn zu verarzten, sobald ich hier fertig bin. Weckt
besser die Kerle auf, die er umgehauen hat, damit sie ihre Mitfahrge-
legenheit nicht verpassen."

Das tue ich eiligst, rüttle sie wach und richte die Pistole auf sie,
bis sie den Pfad entlang wegtorkeln. Der Letzte hört auf zu atmen, als
ich ihn berühre, und ich zerre meine Hand zurück und schüttele
meinen Kopf. *Scheiße.*

In der Stadt hätte ich Herz-Lungen-Wiederbelebung gemacht,
selbst wenn er gerade versucht hatte, mich auszurauben. Dort ist es
eine Pflicht, wo die Menschlichkeit noch regiert.

Aber das ist nicht New York City. Wir leben nach den Regeln des
Schlachtfeldes, und ich kämpfe nicht, um einen Kerl zu retten, der

gerade versucht hat, uns zu töten. Mein Herz fühlt sich an wie ein Stein, der mir in den Magen sinkt. *Warum zum Teufel haben sie uns angegriffen?*

Haitianische Piraten sind festes Inventar in der Karibik. Aber die meisten, wie Marcel, sind nur darauf aus, Geld zu machen. Sie sind nicht generell auf Ärger aus. Warum also kamen diese Kerle, mit den Waffen bereit, um uns abzuzocken?

Jakes Hand landet auf meiner Schulter. „Alles gut?"

Ich sehe zurück auf den kräftigen Riesen, verkniffen lächelnd. „Ich werde es überleben. Außerdem bist du derjenige, der blutet."

„Eh?" Er schaut nach unten und runzelt beim Anblick seines eigenen Blutes die Stirn, als hätte er es zuvor nicht bemerkt. „Verdammt", murmelt er leise.

Erst dann schwankt er ein wenig und lässt seine Waffen fallen. Ich schieße nach vorne und schiebe meine Schultern unter einen seiner Arme. „Nur keine Hektik. Wir gehen rein und säubern und verarzten diese Wunde."

„Wie willst du das machen?", murmelt er, wobei er sich hauptsächlich noch selbst bewegt. Das ist ein gutes Zeichen—aber er hinterlässt eine dünne Blutspur hinter sich, während wir auf das Tor zugehen. „Unser örtlicher Mediziner ist tot."

Einer der Gründe, aus dem wir fähig sind, so weit weg von der Zivilisation zu leben, besteht darin, dass wir mit den Leuten auf den nahegelegenen Inseln Abmachungen über das abgeschlossen haben, was wir brauchen. Marcel und ein paar andere bringen uns unsere Waren, und bis vor kurzem war ein alter, in Rente gegangener Landarzt in Jamaika unser normaler und Notarzt gewesen.

Leider war der alte Mann mit achtundsiebzig nicht darauf ausgelegt, mit den tropischen Gesundheitsgefahren umzugehen und vor zwei Monaten gestorben.

„Doc Reid ist nicht der einzige Kerl auf den Inseln, der ein Bein verarzten kann", versichere ich ihm, meine eigene Sorge beiseite schiebend und so fröhlich wie möglich klingend. „Ich werde jemanden finden, der uns hilft. Keine Sorge."

· · ·

VIER STUNDEN später bin ich ziemlich besorgt.

Wir haben Jakes Jeans am Knie abgeschnitten und die Kugel aus seiner Wade geholt, zusammen mit etwas Jeansstoff und Dreck. Wir haben die übriggebliebene Bescherung mit den Sanitätsartikeln sterilisiert, die wir von dem Arzt gekauft hatten. Jake bestand darauf, es selbst zu nähen.

Wir haben die Wunde verbunden, ihm irgendein Sportgetränk gegeben und alle fünfzehn Minuten nach ihm gesehen, während wir hart arbeiteten, um nach dem Kampf aufzuräumen. Er hat drei Gläser von dem Zeug getrunken und etwas Schlaf bekommen. Alles sah gut aus, bis wir vor einer halben Stunde nach ihm gesehen haben. Er hatte Fieber und die Kanten seiner Wunde waren dunkelviolett geworden, wie eine Prellung die ein Tag alt ist.

Jetzt schwitzend, fiebrig und bewusstlos, bekämpft Jakes Körper was auch immer ihn plagt wie der Teufel. Wir haben seine Wunde erneut gereinigt, was zu helfen schien, aber das Fieber steigt an und die Wunde beginnt zu riechen.

„Es ist irgendeine Art Infektion, aber ich habe noch nie eine so schnell voranschreiten sehen. Wir müssen jemanden mit genügend medizinischer Ausbildung finden, um sich um ihn zu kümmern, sonst stirbt er." Ich blicke grimmig zu Sebastian auf.

Er massiert sich den Nasenrücken und verlagert das Gewicht, während er über meine Schulter auf den Computerbildschirm sieht. „Ich bin offen für Vorschläge darüber, wo wir kurzfristig jemanden finden."

Sebastian ist der älteste von uns drei und am besten mit Menschen—und auch der beste mit Frauen—etwas, das er uns liebend gern unter die Nase reibt. Er hat ein heißeß Professor-Aussehen an sich, mit einem dünn gestutzten Van-Dyke-Bart, den er irgendwie tragen kann, und graumeliertes, nach hinten gekämmtes Haar wie ich. Er zieht sich immer gut an, macht sich immer diesen zusätzlichen Aufwand, um zu jeder Zeit salonfähig auszusehen. Ich kann sehen, wie er es geschafft hat, all diese Milliardärsfrauen zu verführen, indem er glaubwürdig genug ausgesehen hat, um sich große Teile deren Vermögen zu schnappen.

Momentan allerdings sieht er müde, ratlos und genauso überfordert aus wie ich mich fühle.

„Wir wären Narren, nach dem hier in Haiti nachzusehen. Wir könnten hoch nach Kuba fahren und das Beste hoffen, aber wir sind ein bisschen zu nah an der Guantanamo-Bucht, und es ist keine gute Idee, irgendwo in die Nähe zu kommen. Es ist theoretisch immer noch kubanisches Gewässer, aber da drüben ist viel US-Militär." Während des Sprechens tippe ich rasend schnell.

Er lehnt sich neben mir an den Tisch. „Was ist mit Jamaika?"

„Zu dieser Nachtstunde ist es riskant, selbst wenn wir bis zum Kingston Public Hospital kommen. Einen Touristen mit Schusswunde melden sie definitiv bei den Behörden, genau wie in den USA. Aber ich habe eine andere Idee."

Es ist eine Idee, die ich hasse, aber da es Jake mit jeder Stunde schlechter geht, scheint es eine bessere Option zu sein, als so zu tun, als wären wir ausgeraubte Touristen in Jamaika. Ich stelle meine restlichen Suchparameter ein und drücke Enter.

„Was tust du da?" Er späht auf den Bildschirm, mit gerunzelter Stirn den Bildlauf betrachtend.

„Eine Suche nach örtlichen Urlaubsorten und jeglichen Kreuzfahrtschiffen in einem Radius von zwanzig Meilen machen. Beide geben große Rabatte für First Responder, und ich kann in ihren Aufzeichnungen nachsehen, wem sie Rabatt gegeben haben und welche Lizenz derjenige hat. Wenn jemand mit den richtigen Referenzen nah genug bei uns ist, werden wir denjenigen holen."

Ich sehe hoch und bemerke den Ausdruck in seinem Gesicht, woraufhin sich mein Magen verkrampft. Sein Stirnrunzeln wird intensiver. „Das nennt sich Entführung."

Ich fixiere ihn mit meinem ruhigsten Blick, verdränge meine Schuldgefühle und erzwinge ein Lächeln. „Nicht, wenn du überzeugend genug bist."

Er überlegt. „Naja, dann." Seine Augenbrauen klettern nach oben, während das Stirnrunzeln durch sein charakteristisches schiefes Lächeln ersetzt wird. „Um das Leben eines Freundes zu retten kann ich *sehr* überzeugend sein."

Ein paar Namen und Fotos tauchen bereits auf. Eine Person, eine OP-Schwester mit Trauma-Training fällt mir ins Auge, und nicht nur wegen ihres umwerfenden roten Haares.

Ich lehne mich vor und betrachte ihren Eintrag. *Alanna Godwin: Krankenschwester, sechs Jahre Erfahrung.* Sie ist auf einem Kreuzfahrtschiff kaum zwei Meilen entfernt und allein. *Wir haben noch zwei Boote, die noch laufen übrig.*

Ich zögere, dann sage ich: „Ich glaube, ich habe jemanden gefunden."

KAPITEL 3

ALANNA

Ich kichere immer noch, als ich mich auf den Weg zurück zu meiner Kabine mache. Ich musste meine Bahnen vorzeitig abbrechen, aber das lag nur daran, dass ich zu sehr lachte, um weiter zu schwimmen, ohne Wasser einzuatmen. *Oh Mann, das ist zu gut. Ich brauche ein gottverdammtes Nickerchen.*

Fuckboy Cody steckt in tiefen, tiefen Schwierigkeiten. Seine unmittelbare Reaktion, als das Handy, welches er mit in den Pool genommen hatte, nass wurde, war der Versuch, sich bei der Security zu beschweren. Ich bin nicht sicher, wie er dachte, einfach ein paar Boardshorts anzuziehen würde ihn seinen eigenen Arbeitskollegen gegenüber ,tarnen', aber die Security hat ihn augenblicklich erkannt.

Wie sich herausstellt, haben er und seine Kumpel alle Jobs auf dem Kreuzfahrtschiff bekommen, wo sie den Abwasch machen und Gepäck schleppen. Anstatt gutes Geld zu verdienen und ihre Freizeit zu genießen, haben sie entschieden, ihre Arbeit und Uniformen stehen zu lassen und abwechselnd auf ,Cougar-Jagd' zu gehen, während sie einander vertreten. Wenn der Eindruck, den Cody gemacht hat, irgendein Hinweis auf sie war, dann war alles, was sie geschafft haben, die Leute zu nerven, auf die sie getroffen sind.

Oh, naja, wenigstens ist das jetzt vorüber.

Morgen legen wir für zwei Tage in Jamaika an, um die Sehenswürdigkeiten zu besichtigen, unsere Beine zu strecken und mit den Einheimischen zu flirten. Hoffentlich kann ich wenigstens ein wenig gut wandern gehen und vielleicht etwas schnorcheln. Ich bin entschlossen, Spaß zu haben, egal wie sich die Kerle um mich herum entscheiden, sich zu benehmen.

Währenddessen plane ich, eine kleine Portion Schlaf zu bekommen und danach ein spätes Abendessen zu mir zu nehmen, dann wieder zu dem einen Pool zu gehen, der zum Nachtschwimmen geöffnet ist, um es erneut zu versuchen. Ich fühle mich nach der kurzen Einheit im Becken bereits besser, aber ich werde am glücklichsten sein, wenn ich tatsächlich Energie abbauen kann. Es ist einfach so erfrischend, gut zu trainieren.

Außerdem erinnert mich das Schwimmen, genau wie das Wandern, an meinen Dad, der mir beides beigebracht hat.

Als ich jünger war, als Dad noch da war, versuchte er, mir alles was er konnte beizubringen. Ich kann mich selbst verteidigen, ein Spülbecken reparieren, einen Bagger fahren und ein Boot steuern. Mit vierzehn wusste ich bereits, wie man mit einem Budget umgeht.

Da Mom immer so niedergeschlagen war, tat Dad alles, was er konnte, um mir dabei zu helfen, so eigenständig zu sein wie möglich, damit ich mich um mich selbst und meine Mutter kümmern konnte, wenn ihm etwas passierte. Er war Ex-Militär; Sterblichkeit war etwas, womit er sich schon in sehr jungem Alter abgefunden hatte.

Damals wusste ich es nicht, aber seine Zeit war abgelaufen. Ein armer Mann wie mein Dad, der sich keinen Anwalt leisten kann, kann für lange Zeit hinter Gittern landen, indem er nur den falschen Polizisten verärgert.

Er hat nie eine einzige gottverdammte Sache falschgemacht, außer mit meiner Mutter zusammenzuarbeiten, um der verprügelten Freundin dieses Albtraum-Polizisten Schutz zu bieten. Dad kam ins Gefängnis, als er für das Schlagen beschuldigt wurde. Als ich fünfzehn war, wurde er in Handschellen abgeführt und starb weniger als ein Jahr später während eines Gefängnisaufstandes.

Mom zerbrach, und ich verbrachte meine späte Teenagerzeit

damit, mich um sie zu kümmern. *Ich habe meinen Teil getan, Dad. Ich hoffe, du bist stolz auf mich, aber Dad... ich schwöre, nach dir war alles anders.*

Das Studium zur Krankenpflege auf dem College war mein Ticket für ein besseres Leben für uns beide. Aber Mom vermisste ihren Mann zu sehr, um da zu bleiben, nehme ich an. Und ich habe seither unermüdlich weitergemacht.

Es tut weh, dass ich in meinem Leben so viel schwere Dinge zu schultern hatte, aber ich weigere mich, mich davon unterkriegen zu lassen. Eines Tages werde ich nicht alleine sein. Daran glaube ich, selbst wenn ich Jahre brauche, um den richtigen Kerl zu finden.

Meine Kabine ist die kleinste auf dem Schiff. Das große Bett nimmt die eine Seite in Anspruch, zusammen mit einem kleinen Schrank, Fernseher, einem Tisch und einem Stuhl. Das Dienstmädchen hat bereits sauber gemacht. Ich gehe in das winzige Badezimmer und hänge mein Handtuch auf die Duschvorhangstange, dann schalte ich den Infrarotheizkörper und die Lüftung ein.

Ich ziehe meinen Bikini aus und stelle mich ans Waschbecken, um das Chlor auszuwaschen, wobei ich immer wieder mein Spiegelbild betrachte. Ich habe ein paar Sommersprossen, aber meine Haut ist nach zwei Tagen ohne Sonnenbrand etwas dunkler geworden. Nach dem Standard in Miami nicht beeindruckend, aber auf der anderen Seite würde meine beginnende ‚Grundbräunung‘ vor einer Schneewehe höchstwahrscheinlich verschwinden.

Vielleicht hätte ich für meine Kreuzfahrt Alaska auswählen sollen. Ich habe wirklich nicht das Melanin für die Karibik. Ich lache erneut, während ich meinen Bikini auswringe und ihn aufhänge. Mit dem Duschkopf wasche ich mich kurz ab, wobei ich leise summe, dann trockne ich mein Haar mit einem Handtuch und kämme es durch.

Zurück damit in meinen üblichen geflochtenen Zopf. Ich sehe im Spiegel zu, wie sich meine vollen Brüste heben, während ich meine feuerroten Strähnen verflechte. *Warum zur Hölle kann ich keine bessere Art Mann anziehen als bisher?* Naja, es liegt nicht an meinem Aussehen, das ist sicher.

Ich grummle leise vor mich hin, ziehe ein lockeres Nachthemd aus rosafarbener Seide an und lege mich ins Bett. Über die Seide gleitet eine Hand über meine Brust und ich spüre, wie es zwischen meinen Beiden frustriert pulsiert. *Irgendwann bald.*

Sei geduldig, sage ich mir, aber im Moment nagt ein Verlangen nach Erfüllung schmerzhaft an mir, das ich nicht einmal völlig verstehe.

Ich schließe die Augen und sinke in die trüben Träume eines unruhigen Nickerchens am frühen Abend. Zwei Stunden später öffne ich sie wieder—und denke für ein paar Sekunden, dass ich immer noch träume.

Zwei der heißesten Männer, die ich je gesehen habe, stehen an der Bettkante neben der offenen Balkontür. Beide sind ganz in Schwarz und sehr groß. Unerwarteterweise scheinen sie keine Waffen bei sich zu haben und machen keine bedrohenden Bewegungen—außer ihrem einschüchternden Dastehen. Ich bin von beiden so abgelenkt, dass ich zuerst nicht einmal fragen kann, wer zur Hölle sie sind und wie sie reingekommen sind.

Der jüngere ist etwas größer und schlanker, mit breiten Schultern und dem Körper eines Tänzers. Er bewegt sich mit Anmut und scheint ein wenig besorgt zu sein, als er mich mit heftigen dunklen Augen ansieht. Sein rabenschwarzes Haar ist nach hinten gekämmt, gerade lang genug, sodass es seinen Kragen berührt, und er hat feine, leicht blasse Züge.

Der ältere Mann hat graue Haar an den Schläfen und dunkelbraune Strähnen, seine Haare sind kürzer als die seines Begleiters. Seine Züge sind weicher, teilweise wegen seines getrimmten Barts, und er hat ein beruhigendes Lächeln. Seine haselnussbraunen Augen funkeln beinahe kokett, und seine wohlgeformten Lippen bewegen sich als erstes. „Miss Godwin? Bitte seien Sie nicht aufgebracht."

Ich setze mich auf, wobei das Laken von meinem Oberkörper rutscht, und ich höre, wie der jüngere scharf die Luft einzieht. „Dann sprechen Sie mal besser schnell, Mr. Kompletter Fremder Der Soeben In Meine Kabine Eingebrochen Ist. Wer seid ihr, wie seid ihr hier reingekommen und was wollt ihr?"

Der Bärtige starrt für den Bruchteil einer Sekunde meine Brüste unter der Seide meines Nachthemdes an, bevor er seinen Blick wieder auf mein Gesicht richtet. „Mein Name ist Sebastian, und das ist Daniel. Wir sind hier, weil wir keine andere Wahl hatten. Es steht wortwörtlich ein Leben auf dem Spiel, und Sie sind die nächste qualifizierte Person, die helfen kann."

Moment, was zur Hölle? Ich zwicke mir unter der Decke ins Bein, aber ich bin voll wach. Ich weiß, dass First Responder ab und an auf Kreuzfahrten gebraucht werden, aber... „Ihr gehört definitiv nicht zur Schiffsbesatzung."

Sebastian lächelt entschuldigend. „Nein, wir sind eigentlich von einer benachbarten Insel ohne ansässigen Arzt. Wir sind von unserem Boot aus an der Seite hochgeklettert." Er zeigt nach draußen, und ich sehe einen gottverdammten Enterhaken an der Reling des Balkons hängen.

„Was zur Hölle...?" *Wer zum Teufel sind die, Piraten? Ist das eine Entführung? Wenn ja, warum greifen sie mich nicht einfach?* „Was habt ihr getan, den Schiffscomputer gehackt, um Krankenschwestern zu finden?"

Die zwei werfen einander beeindruckte Blicke zu, und der dunkelhaarige Adonis hustet in seine Faust. „Eigentlich, äh, ja. Habe ich. Gut geraten."

„Wir sind hier, weil wir einen Freund haben, der eine schwer infizierte Wunde hat. Er sollte wahrscheinlich nicht bewegt werden, und wir haben keine anderen Optionen, um ihm schnell zu helfen." Sebastian klingt todernst. Er steckt entweder richtig in der Klemme oder er ist der beste Schauspieler, den ich je gesehen habe. „Er wird ohne Hilfe sterben."

Bei der Erwähnung eines medizinischen Notfalls spitzen sich meine Ohren. Ich bin ein First Responder, ich weiß, was ich tun sollte, wenn jemand nach einem Sanitäter ruft. Aber Menschen, die nach einem Sanitäter rufen, beginnen das normalerweise nicht damit, in meine Kabine einzubrechen.

„Okay, ich höre zu, anstatt um Hilfe zu schreien... soweit. Aber nur eine Sache." Ich starre zwischen den beiden hin und her und verschränke dann die Arme. „Welchen Teil davon, in meine Kabine einzubrechen, in meine Privatsphäre einzudringen und meinen Urlaub zu unterbrechen denkt ihr, rechtfertigt eurer Notfall?"

„Keiner davon." Daniel zuckt zusammen. „Es ist ein Grund, keine Entschuldigung. Das muss für dich total merkwürdig erscheinen, und ich nehme dir deine Skepsis nicht übel. Aber wir sagen die Wahrheit. Ohne Hilfe ist unser Freund am Arsch. Er wird entweder das Bein oder sein Leben verlieren."

Ich starre sie an, mittlerweile wach genug, um ein wenig erschrocken zu sein, anstatt nur genervt. Sie könnten mich sehr einfach anlügen, um mich zur Kooperation in meiner eigenen Entführung zu bringen, aber aus welchem Grund? Das Einzige, was ich tun kann, ist, zu versuchen herauszufinden, ob sie die Wahrheit sagen oder nicht.

Ich stehe an der anderen Seite des Bettes auf, um es zwischen sie und mich zu bringen. Ich fühle die Schwere ihrer Blicke in dem dämmrigen Licht auf mir. „Warum seid ihr nicht einfach auf die medizinische Schiffsbesatzung zugegangen? Die könnten dieses ganze Schiff zu euch bringen, Klinik und alles."

„Das ist ein amerikanisches Schiff, und wir stehen momentan nicht auf gutem Fuße mit dem amerikanischen Justizsystem, also ist es am besten, wenn sie nicht wissen, wo wir sind." Daniel wird still, als er bemerkt, wie ihm sein Partner einen leicht bösen Blick zuwirft. „Sie verdient, es zu wissen."

Sein kleines Argument mir zugunsten erweicht mich ein wenig. Ich seufze und stehe mit vor der Brust verschränkten Armen da. „Okay, in Ordnung. Was ist passiert, und was sind die Symptome eures Freundes?"

Kriminelle? Wenn sie nicht antworten, oder wenn sie mir irgendeinen Quatsch erzählen, sollte ich mir nach der Security einfach die Lungen aus dem Leib schreien. Sie könnten nach einem kooperativen Opfer suchen... oder sie könnten die Wahrheit sagen, und wir könnten Zeit verschwenden, die ihr Freund nicht hat.

Mal sehen, was sie sagen, und ob sie ein wirkliches Leiden beschreiben.

„Ich habe Fotos gemacht." Sebastian zieht ein Handy aus seiner schwarzen Uniform, entsperrt es und reicht es mir. „Jedes hat einen Zeit- und Datumsstempel."

Ich scrolle durch, und plötzlich bin ich an der Reihe, zusammenzuzucken. *Oh scheiße, das ist absolut real.*

„Meine Güte. Schusswunde. Habt ihr die Kugel entfernt, bevor ihr ihn zugenäht habt? Irgendwelche Rückstände?" Ich vergrößere eines der Bilder und verziehe vor Mitleid das Gesicht. *Das könnte sehr wohl eine Staphylokokkeninfektion sein—eine schlimme.*

Antibiotikaresistente Staphylokokkeninfektionen sind der Fluch moderner Krankenhäuser. Es ist der häufigste ‚fleischfressende Virus' und kann mit einer Hautverletzung beginnen, die so klein ist wie ein ausgedrückter Pickel. Das war eine ziemlich großkalibriger Schuss, der wundersamerweise sowohl seinen Knochen als auch große Blutgefäße verfehlt hat. Die Kanten der Wunde leiden bereits unter Nekrose.

Die Bilder haben einen Zeitstempel von vor einer Stunde.

„Wir haben Teile seiner Jeans und die Kugel rausgeholt. Wir haben die Wunde zweimal desinfiziert", seufzt Daniel. „Das ist trotzdem passiert, und zwar schnell."

Ich starre die tief violetten und schwarzen Verfärbungen und das anschwellende Fleisch um die Wunde herum an. „Okay. Die gute Neuigkeit ist, dass wenn wir die Infektion tatsächlich kontrollieren können, bevor er den Muskel verliert, wird er mit einer Narbe und einem Monat auf Krücken rauskommen."

Beide atmen scharf aus, dann schluckt der Jüngere. „Okay", sagt er, als würde er sich vorbereiten. „Was ist die schlechte Neuigkeit?"

„Die schlechte Neuigkeit ist, dass ihr recht habt. Das ist eine nekrotisierende Weichteilinfektion. Er *könnte* das Bein verlieren— oder sein Leben—wenn er nicht bald behandelt wird." Ich sehe den Rest der Bilder an. „Er hat Glück, dass er ein großer, starker Kerl ist, ansonsten stünden seine Chancen noch schlechter."

Und wenn ich versuchen würde, eine medizinische Fachkraft zu entführen, ist das genau die Art von Leiden, die ich als Köder verwenden würde.

Allerdings gibt es niemanden auf der Welt, der viel davon profitieren würde, mich zu entführen. Ich habe kein Geld auf der Bank, dank der Schulden durch meinen Studienkredit. Ich habe keine lebenden Verwandten, und ich habe nie jemanden von ihnen genug verärgert, sodass sie es aus Boshaftigkeit tun wollen würden.

Es gibt Menschenhandel... aber jemand aus seiner Suite auf einem Kreuzfahrtschiff zu holen, scheint nicht die einfachste oder sicherste Methode zu sein, um dies zu tun, wenn man versucht, es zu vermeiden, Aufmerksamkeit auf sich zu ziehen. Viel einfacher, Leute einfach von der Straße zu schnappen oder ihre Cocktails in Nachtclubs mit Drogen zu versetzen.

Bei den Neuigkeiten über die Prognose seines Freundes seufzt Sebastian scharf und schiebt die Hände in die Hosentaschen. Daniel flucht und reibt sich das Gesicht; seine Reaktion erscheint genauso ehrlich wie die seines Begleiters. „Dann wirst du mit uns kommen?"

Ich zögere. Sie könnten mich täuschen. Aber wenn sie es nicht tun, dann habe ich das Blut dieses Mannes an meinen Händen.

Verdammt. „Welche Garantie habe ich, dass ich sicher zurückgebracht werde?"

„Wir haben die volle Absicht, dich sicher zurückzubringen, aber wir können für nichts garantieren", gibt Sebastian aufrichtig zu. „Alles, was wir dir sagen, wäre eine faule Lüge. Aber diese Fotos sind absolut real, und unser Freund ist zweifellos in Gefahr. Aber ich bin völlig dazu bereit, dir einen Koffer mit fünfzigtausend Dollar Bargeld zu geben, sobald sein Fieber nachlässt und es ihm gut genug geht, dass wir uns alleine um ihn kümmern können."

Meine Augenbrauen schießen überrascht bis zu meinem Haaransatz nach oben. Fünfzigtausend Mäuse würden meine Schulden tilgen, mein Auto reparieren und mich Geld für ein Haus investieren lassen, das in Fahrdistanz der Stadt ist. Aber...

„Das könnte auch eine Lüge sein."

„Ja, könnte es. Ist es aber nicht. Ich habe keine Möglichkeit, es zu beweisen, bis ich dir das Geld gebe." Sebastians schiefes Lächeln ist ironisch und beinahe flirtend. Trotz der Umstände muss ich meine Knie zusammenpressen, um sie zu stabilisieren.

Verdammt, wenn er während eines medizinischen Notfalls/einer poten-

ziellen Entführung so drauf ist, was kann er dann sonst noch tun? Wer ist dieser Kerl?

„Wir haben keine Zeit dafür", knurrt Daniel, tritt um das Bett herum und greift unter seine Jacke. Ich sehe die Waffe und erstarre.

„Warte, Daniel, ich dachte, wir würden sie überzeugen?" Sebastian sieht sowohl schockiert als auch ein wenig wütend aus—und keiner der Ausdrücke verändert sich, als Daniel den Griff der Waffe umdreht und sie mir in die Hände drückt.

„Tue ich", meint er rauer Stimme. Dann sieht er mich mit einer Mischung aus Verbitterung und Verzweiflung in den Augen an. „Hier. Wenn wir irgendetwas versuchen, kannst du dich jetzt verteidigen."

Ich umschließe die Waffe mit den Händen, von der Wende der Ereignisse schockiert. Es ist ein Smith und Wesson Revolver, vor kurzer Zeit abgefeuert, da er immer noch leicht nach Kordit riecht. Wie man mit einer Waffe umging war eine weitere Sache, die mir mein Dad beigebracht hat.

Okay, also sind sie bewaffnet. Aber der andere Kerl hat seine nicht berührt, obwohl er ziemlich wütend aussieht.

Ich kontrolliere das Patronenlager—voll geladen. Ich klicke die Trommel wieder zurück und sehe zu ihnen auf. „Wenn ihr Jungs mich verarscht, wird es ein ganzes Team von Chirurgen brauchen, um meine Stiefel aus euren Ärschen rauszuholen."

Sebastian sieht fasziniert und ein wenig empört aus, aber Daniel schenkt mir nur weiterhin diesen verzweifelten, flehenden Blick. „Okay", meint er. „Lass uns gehen. Du kannst dich deiner Kreuzfahrt wieder anschließen, wenn sie in ein paar Tagen wieder durch diese Gegend fahren."

„Ich gehe nicht in dieser Kleidung", grummle ich und Sebastian kichert leise. Ich ziehe eine Grenze dabei, Fremde mit einer mysteriösen Schusswunde zu retten, während ich ein hauchdünnes Nachthemd trage.

Daniel blinzelt. „Oh. Richtig." Das bringt Sebastian nur erneut zum prusten.

„Hey, ich hätte mich nicht beschwert", wirft Sebastian mit einem schiefen Grinsen ein. Fuckboy Cody könnte ein oder zwei Dinge von diesem Mann lernen, wenn er wirklich mal eine Chance bei den Damen haben will.

Ich gehe zu meinem Koffer, den Gedanken abschüttelnd. „Du bist nicht derjenige, der mit Moskitostichen am Hintern enden würde."

„Guter Punkt."

Als ich vorsichtig das geknotete Seil des Enterhakens herunterklettere, trage ich Jeans, Wanderstiefel und eine blaue Bluse über einem dazu passenden Top. Das Outfit ist mehr praktisch als sexy, was ein Teil von mir bereut—wahrscheinlich der gleiche Teil, der meine Augen über die Körperkonturen meiner unerwarteten Gäste durch ihre Kleidung wandern lässt.

Ich mag vielleicht ein wenig den Verstand verloren haben. Ich gehe mit zwei Flüchtigen auf eine unbekannte Insel, von der sie behaupten, sie gehöre ihnen zusammen mit ihrem Freund, der eine abscheuliche und schnell voranschreitende Infektion zu haben scheint. Ich werde für diesen Mann kämpfen müssen, und meine Konzentration sollte darauf liegen—aber das ist zu verdammt seltsam, um es zu glauben.

Ich kann nicht anders, als abgelenkt zu sein. Ich reagiere auf instinktiver Ebene auf diese Männer: ihr Aussehen, die Bewegungen ihrer Körper, ihre Gerüche. Es sind auch *beide* von ihnen, nicht nur einer.

Das ist ablenkender als alles andere, nach Jahren der Überlegung, ob ich frigide bin. Ich bin so fasziniert von der Wendung der Ereignisse, dass ich beginne zu vergessen, achtsam zu sein.

Daniel hat mir seine Waffe gegeben. Sofern das nicht auch ein Trick ist und er sie zuvor sabotiert hat. Aber ich habe das verdammte Ding kontrolliert, bevor ich es angenommen habe. Als ein Vertrauensangebot... ist es nicht schlecht.

Ich springe hinab in ihre kleine Rennyacht und lande, dann gehe ich zu einem Sitz. Die Pistole steckt in meinem Gürtel, und meine Hand sichert sie vorsichtig durch jeden Stoß des Bootes. Dad hat mich in der Waffenhandhabung trainiert, und der erste Teil davon war die Sicherheit im Umgang mit Schusswaffen.

Ich sehe zu einem perfekten Anblick von Daniels schlankem

Hintern auf, der zu mir herunterkommt. Er springt die letzten paar
Meter und wendet sich mir zu, wobei er meinen Rucksack voller
Kleidung und Zubehör von seiner Schulter gleiten lässt und mir
reicht. Mit einem erschöpften Seufzen sinkt er auf die Bank mir
gegenüber.

„Also, wie wurde euer Freund überhaupt angeschossen?", frage
ich, während ich Sebastian aus dem gleichen sehr interessanten
Winkel beobachte. Er klettert hinab auf das Deck, dann schüttelt er
den Enterhaken lose und fängt ihn, bevor er sich den Bedienele-
menten des Boots zuwendet.

Daniel sieht etwas unbehaglich weg. „Es ist eine lange, hässliche
Geschichte."

„Gut", antworte ich, als Sebastian den Motor startet und Daniel
uns von der Seite des Kreuzfahrtschiffes löst. „Wir haben eine Reise
vor uns, also fang an zu reden."

KAPITEL 4

SEBASTIAN

Ich habe eine Schwäche für Frauen: aller Herkunft, aller Staturen, von gerade zwanzig bis allem, was älter ist—wenn mich eine Frau will und sie freundlich und halbwegs attraktiv ist, sehe ich selten einen Grund, warum ich nein sagen sollte. Aber diese Schwäche von mir geht nur so tief wie meine Libido. Ich verliebe mich in niemanden, Frauen verlieben sich in mich.

Zumindest habe ich das bis vor zwanzig Minuten gedacht, bis ich zum ersten Mal Alanna gesehen habe.

So sollten die Dinge nicht laufen. Ich bin der Halunke. Ich bin der Verführer—nicht der Verführte.

Ich bin das uneheliche Kind eines reichen Mannes: das Ergebnis einer flüchtigen Affäre mit seinem Dienstmädchen, welches entlassen wurde, als sie Anzeichen der Schwangerschaft zu zeigen begann. Keiner von uns hat je einen Pfennig von ihm bekommen. Als ich also gerade neunzehn war, entdeckte ich, dass mein Samenspender bei Vorzeigefrau Nummer vier war: eine reizende junge Frau, zwanzig Jahre alt und in der Blütezeit ihres Lebens... und ich entschied mich dazu, sie zu verführen.

Ich traf sie in einem Coffee-Shop, nutzte jeden Trick im Buch, den ich als Schauspielschüler gelernt hatte. Sie erkannte mich nicht;

was das Aussehen betrifft, sehe ich meiner Mutter ähnlich. Wir tranken Kaffee, gingen in einen Film, küssten uns in einem Park... und gingen zurück zum Haus meines Vaters und vögelten in seinem Bett.

Ich brachte sie zum Schreien. Ich brachte sie zum Flehen. Ich machte sie abhängig von all dem guten Schwanz, den sie von diesem fürchterlichen, alternden Chauvinist mit seiner Besessenheit von Mädchen so jung und blond wie seine Tochter nicht bekommen hatte.

Man gebe einer vernachlässigten Dame genügend Orgasmen, wird ihr liebstes schmutziges Geheimnis und sie wird wesentlich... zugänglicher... als jemand, auf den man vielleicht kühl zugeht. Sobald man ihre Kooperation hat, kann man sie und sich sehr reich machen. Man zeige ihr, wie sie still und leise Milliarden von den Konten ihres Bastards von Ehemann holt und nehme einen großzügigen Anteil, wenn sie fertig ist.

Es ist eine Win-Win-Situation für sie... außer er erwischt sie jemals, dann hält sie natürlich alleine den Kopf hin. Aber selbst dann endet es üblicherweise in Scheidung, nicht im Gefängnis.

Im Falle meines Vaters war die Rache besonders süß. Er war bei der Entdeckung, was ich getan hatte, so fuchsteufelswild, dass er sich direkt in einen massiven Herzinfarkt tobte. Ich vögelte seine neureiche Witwe ein paar weitere Male, nahm meine Provision und ging.

Und dann lief mir der nächste Milliardär mit einer unerfüllten Frau ins Visier.

Ich machte die Verführung für viele Jahre zu meinem Geschäft. Aufgrund all dessen bin ich daran gewöhnt, die Oberhand zu haben —emotional und sexuell—in jeder nicht geschäftlichen Interaktion mit einer attraktiven Frau. Aber der Moment, in dem ich in Alannas Augen blickte und die Kurven ihres Körpers unter dieser sich anschmiegenden, weichen Seide sah, wusste ich, dass sie eine Herausforderung sein würde. Jede dominante Faser meines Körpers wurde lebendig.

Glücklicherweise liebe ich Herausforderungen.

Momentan allerdings versuche ich, die fragliche junge Dame über unsere verzweifelte Situation zu informieren. Ihre Reaktion ist hinreißend.

„Haitianische Piraten?" Sie starrt mich mit großen Augen an und ich habe Probleme, meine Belustigung zu verbergen. „Ihr musstet tatsächlich Piraten abwehren", sagt sie ungläubig.

„Naja, die Insel ist unser Territorium. Sie liegt in internationalen Gewässern und gehört alleine uns. Das bedeutet, dass wir nicht die Hilfe der Küstenwache irgendeines anderen Landes erwarten können. Piraten wissen das", erkläre ich.

„Das ist der Nachteil daran, unabhängige Inseln in gewissen Teilen der Erde zu besitzen." Daniel spricht über seine Schulter hinweg, während er seinen Teil übernimmt, uns durch das wechselhafte Meer zu steuern. Er und ich sind beide erschöpft und wechseln uns oft ab, um wachsam zu bleiben.

„So viel zu der Fantasie, sich auf einer tropischen Insel zur Ruhe zu setzen", murmelt sie ein wenig fassungslos. „Wie habt ihr es geschafft, dass die Piraten wieder gegangen sind?"

„Äh..." Daniel zögert, das Unbehagen in seiner Stimme ist eindeutig für mich, und ich springe problemlos ein.

„Wir haben sie abgewehrt, ihre Kommunikation sabotiert und ein Boot in die Luft gejagt." Ich vermeide es sorgfältig, all die Leichen zu erwähnen, die wir an diesem Nachmittag gezwungen waren, in das tiefe Wasser zu werfen. Wir entledigten uns aller Spuren, bedeckten die Blutflecken mit Sand und ließen das Meer und die Haie den Rest tun.

Brutal, aber effektiv. Jake machte irgendeinen Witz darüber, ihre Schädel auf Stangen aufzuspießen, um die nächste Ladung Eindringlinge abzuschrecken, aber zu diesem Zeitpunkt war er schon halb im Delirium. Was mich angeht, bin ich mit meiner Übelkeit fertig geworden und habe den Job erledigt.

Daniel ebenfalls, überraschenderweise. Der Kerl hasst Blut. Aber wir können immer darauf zählen, dass er seinen Teil tut, und ich nehme an, er konnte es nicht ertragen, sich zurückzulehnen und uns die Arbeit alleine machen zu lassen.

„Verdammt", murmelt Alanna. „Also besteht keine Chance, dass sie zurückkommen, während ich dort bin, richtig?"

„Nein, sie würden ihr Boot reparieren und genügend Verstärkung überzeugen müssen, mit ihnen zurückzukommen." Und es war absolut ausgeschlossen, dass das in absehbarer Zukunft passieren würde.

„Wir haben sie das Fürchten gelehrt, keine Sorge. Konzentrier du dich nur darauf, Jake zu retten, und wir kümmern uns um den Rest, in Ordnung?" Meine Stimme wird beinahe liebevoll, und sie kämpft ein breiteres Lächeln zurück, als sie eventuell zu zeigen geplant hat.

Das lässt mich im Gegenzug mein eigenes zurückkämpfen. *Erwischt.* Ich mag vielleicht gefangen sein, sie aber ebenfalls auch.

Es gibt ein paar Dinge, die man tun muss, wenn man eine Frau verführen will—wenn man möchte, dass sie an einem interessiert ist. Eins davon ist, ihr zu zeigen, dass man eine sichere Insel für sie ist: sicher für sie, damit sie sich in deiner Nähe aufhält und einem vertraut.

Beschützend, aber nicht überheblich. Ehrenhaft. Beständig.

Das war für mich mit den Frauen die mein Ziel waren immer einfach, da ich nicht hinter ihnen her war. Ich war eigentlich hinter ihren Männern her, denen sie oft grollten und gegen die sie rebellieren wollten. Ich machte von Anfang an klar, dass ich ihnen nichts Böses wollte, und damit war ich fähig, an ihrem Schutzwall vorbeizukommen.

So werde ich es auch mit Alanna tun. Überzeugung ist meine wertvollste Fähigkeit.

Ich wünschte nur, Daniel hätte ihr nicht die verdammte Waffe gegeben. Sie ist zivil. Wir haben keine Ahnung, ob sie irgendwelche Erfahrung mit einem Revolver hat, und wenn sie nervös genug wird, könnte sie in einen von beiden eine Kugel einjagen, bevor ich die Situation unter Kontrolle bekommen kann.

Trotzdem hat es den Zweck erfüllt. Sie ist im Boot, sie hat eingewilligt, Jake zu retten, und ich lehne mich an diesem Punkt überwiegend nur zurück und bin dankbar für das, was ich habe. Wenn sie abgelehnt hätte... ich weiß nicht, was wir dann hätten tun müssen.

Selbst jetzt hasse ich den Gedanken, dass wir sie vielleicht tatsächlich hätten entführen müssen. Ich mag vielleicht ein Hochstapler und ein entflohener Sträfling sein, aber ich bin kein verdammtes Monster.

Ich fühle mich schon schlecht genug, heute ein paar Kerle erschossen zu haben. Ich habe es getan, um sie davon abzuhalten, unsere Insel in die Luft zu jagen—und uns auch—aber keine Wahl zu haben, macht den Umgang damit nicht einfacher. Gut, dass ich ein guter Schauspieler bin. Wenn ich das nicht wäre, wenn ich mir tatsächlich anmerken lassen würde, wie fertig ich war, hätte Daniel wahrscheinlich auch den Verstand verloren.

Ich habe es geschafft. Das ist, was jetzt wichtig ist.

„Also, in welchem Geschäft seit ihr Jungs, dass ihr eine ganze Insel für euch allein habt?" Sie klingt fasziniert... und ein wenig unsicher. Ich kann nicht sagen, dass ich es ihr übel nehme.

„An diesem Punkt früh in Rente gehen", antwortet Daniel relativ ruhig. „Aber ich habe mit Computern zu tun.

„Ich in Fusionen und Übernahmen", erwidere ich, und Daniel wirft mir wegen meines Wortspiels einen funkelnden Blick zu. Es stimmt allerdings. Zugegeben, ich fusioniere mit den Frauen von reichen, alten Bastarden und übernehme ihren Wohlstand, aber es trifft trotzdem zu.

Momentan bin ich wesentlich mehr daran interessiert, mit Alanna zu fusionieren. Aber da gibt es nur eine Komplikation.

Die Jungs und ich teilen alles. Wir haben die Insel mit meinem Geld gekauft, aber Daniel hat es investiert und wachsen lassen, und Jake hat den Großteil des Designs und des Aufbaus der Gebäude gemacht, die wir jetzt Zuhause nennen. Mein Geld hat uns über die Grenze gebracht, aber Daniel hat uns rausgeschafft und Jake hat uns beschützt, während wir es taten.

Wenn es um Frauen geht, dann hatten wir alle zuvor schon Liebeleien. Jede einzelne Frau, die ankommt, weiß, dass wir alle interessiert sind, und wenn sie nicht an allen von uns interessiert ist, dann tun wir nichts. Alles oder nichts.

Es mag für manche vielleicht merkwürdig klingen, aber es nimmt den Hauptgrund für Konkurrenz zwischen uns und hilft, Konflikte zu vermeiden, während die fragliche Dame viel Aufmerksamkeit bekommt. Bisher hat keiner von uns irgendwelche Beschwerden gehört.

Diesmal ist es allerdings anders. Ich kann es bereits fühlen. Ich kann den Blick nicht von Alanna abwenden... und Daniel ebenso wenig, wenn er nicht am Steuer ist. Wir scheinen beide nur ein klein bisschen zu sehr interessiert zu sein.

Ich hoffe, dass das keine Probleme bringt.

„Ich muss mir ansehen, welche medizinische Ausrüstung und welches Zubehör ihr habt. Jake wird intravenöse Antibiotika brauchen. Viele." Alannas Gesicht hat wieder einen ernsteren Ausdruck angenommen.

Ich blicke zu ihr zurück, als sie sich auf die Bank mir gegenüber setzt und nicke einmal, dann hole ich mein Handy hervor, um ihr die Inventarliste zu zeigen, die mir die Tochter des Arztes geschickt hat.

Sie scrollt durch, nachdenklich die Stirn runzelnd. „Clindamycin oral... gut für die Nachbehandlung, aber zuerst muss er weit genug genesen, um es zu nehmen." Sie scrollt weiter. „Ah, da sind die intravenösen Schemata für Infusionen. Und diese Liste ist aktuell?"

„Absolut", antworte ich, in der Hoffnung, dass sie das ist.

Eine halbe Stunde später sind wir zurück auf der Insel. Ich danke meinem „Ich von vorher" dafür, die ausgebrannten Wracks vom beschädigten Steg weggezogen zu haben, als ich hinfahre, und Daniel springt raus, um uns festzubinden.

Alanna sieht sich mit großen Augen um. „Wow. Was zur Hölle haben die benutzt, um euch anzugreifen?"

„Einer von ihnen hatte einen raketengetriebenen Granatwerfer." Ich kann die Grimmigkeit nicht aus meiner Stimme verbannen. „Die benutzen sie, um vorbeifahrende Schiffe zu bedrohen. Die Wahrheit ist, dass wenn die Kreuzfahrtschiffe keine bewaffnete Security hätten, sie wahrscheinlich auch oft getroffen würden."

„Verdammt. Ich dachte, solche Dinge passieren nur an der Küste Somalias."

„Nah, es gibt überall Piraten, und Panzerfäuste sind praktisch die modernen Schiffskanonen. Man nutzt sie, um damit zu drohen, Schiffe zum sinken zu bringen und Gebäude zu zerstören, und plötzlich werden die Besitzer dieser Dinge wesentlich kooperativer." Ich stehe auf und biete ihr meine Hand an, um ihr aus dem Boot zu helfen, als Daniel uns fertig festmacht.

Als wir reingehen, um Jake zu sehen, bin ich für eine Sekunde ehrlich besorgt, dass er tot sein könnte. Er ist blass, die Augen sind eingesunken, und er sieht im Großen und Ganzen so aus, als ob er in der Hölle wäre. Seine Haut ist schweißnass und er reagiert nicht, als wir eintreten und Daniel seinen Namen ruft.

Mein Magen beginnt gerade, sich zu verkrampfen, als Jake ein tiefes, schnarchendes Keuchen von sich gibt und sich leicht dreht. *Scheiße. Erschreck mich nicht so, Junge!*

Daniel seufzt lautstark. „Verdammt, für einen Moment dachte ich, er wäre tot." Ich nicke zustimmend. Alanna ignoriert uns, schreitet voran und zieht die Decke zurück, um einen Blick auf ihren Patienten zu werfen.

Eine Weile starrt sie nur auf ihn hinab. Denn zieht sie ein Paar Handschuhe aus der Box auf seinem Nachttisch an, das Gesicht ernsthaft. Sie kontrolliert seine Stirn, nimmt seinen Puls und greift dann die Verbandschere, um vorsichtig den Mull aufzuschneiden.

Daniel zieht zwischen den Zähnen Luft ein und ich sehe voller Übelkeit zu. „Das sieht noch schlimmer aus."

Das tut es wirklich. Die rote Schwellung hat sich auf den Großteil von Jakes Wade ausgebreitet, und die violette und schwarze Verfärbung an den Wundrändern ist zur Größe meiner Hand herangewachsen. Um die Stiche herum tritt Flüssigkeit aus; bei dem Geruch rümpfe ich die Nase.

„Schlimmer als die Fotos? Ja, das ist es. Definitiv irgendeine Art von starker Staphylokokkeninfektion oder MRSA." Sie dreht sich zu uns beiden mit verschränkten Armen um. „Ich brauche euren ganzen Vorrat an Infusionszubehör, Saline und Antibiotika. Bringt sie her, und dann zieht Handschuhe an. Ihr zwei seid für heute Nacht meine Krankenträger."

„Ja, Ma'am", sage ich heiter, und sie lächelt leicht, während sie den Kopf schüttelt.

„Mein Gott." Daniel hält leicht mit mir Schritt, als wir nach draußen ins Lagerhaus gehen. „Sie ist unglaublich, oder? Ich frage mich, ob sie vergeben ist."

„Sie war auf einer Singles-Kreuzfahrt, oder nicht? Und wenn sie am frühen Abend ein Nickerchen gemacht hat, dann bedeutet das, dass sie wahrscheinlich niemanden hatte, mit dem sie Zeit verbringen konnte." Ich lächle ihm ein wenig neckend zu. „Vertrau mir, sie ist single *und* auf der Suche."

Das Gelände ist eine Reihe von Gebäuden aus Strohballen und gefüllten Säcken, gefliest und schwer imprägniert, umgeben von einer zehn Fuß dicken Wand aus gestampftem Lehm. Ich kann in der Luft draußen noch leicht den Geruch von Kordit wahrnehmen, gefärbt mit dem Gestank von Blut und schwelendem Holz am Strand. Ich lächle durch meine Übelkeit hindurch, und versuche mich entspannt zu verhalten.

Der Lagerschuppen ist eines der größeren Gebäude, kuppelförmig, mit einer schweren Stahltür, gerettet aus einer alten Bank. Wie die meisten der Gebäude hat es einen Ring von Oberlichtern aus dem Glas alter Bullaugen.

„Also, denkst du, wir sollten ein paar Nächte mit ihr zusammen vorschlagen?" Er hält seine Stimme fast ulkig leise, als an der Tür zieht, als würde sie aus Jakes Hütte auftauchen und beginnen zu schreien, wenn sie uns hört.

„Sobald es Jake besser geht. Ansonsten wird er angepisst sein, dass wir nicht auf ihn gewartet haben." Während er die Tür öffnet, strecke ich die Hand aus und schalte das Licht ein, was Reihen an Stahlregalen voll mit Essen und Trockengut offenbart.

„Ich kann es kaum erwarten." Wir gehen hinein und holen unsere ‚Einkaufsliste' hervor, und er zögert kurz mit den Armen im medizinischen Kühlschrank. „Denkst du, sie kann Jake retten?"

„Ich denke, Jake wird Jake retten. Er braucht nur ein wenig Hilfe. Und ich denke, sie wird einen guten Job machen, wenn wir ihr eine Chance geben. Und wenn wir ihr so schnell wie möglich diese

Sachen bringen." Ich schenke ihm ein beruhigendes Lächeln, während ich den Rest einsammle.

„Ich nehme an, du hast recht. Außerdem, wenn ich mich richtig erinnere, ist ein heißer, hartnäckiger Rotschopf genau sein Ding, also hat auf jeden Fall einen Anreiz, bald wieder gesund zu werden." Er zwinkert und ich lache nickend.

Sie ist auch mein Ding. Das ist sie wirklich.

Von all den Frauen, jung und alt, die ich verführt habe, seit ich richtig gut im Vögeln geworden bin, hat mir keine Sorgen darüber bereitet, dass sie nein zu mir sagen würden. Das einzige, was auf dem Festland in Gefahr war, war die finanzielle Möglichkeit und vielleicht mein Stolz. Während es nie schwer war, sie dazu zu bringen, ja zu sagen, gab es keinerlei Einsätze wenn ich am Ende abgewiesen wurde.

Nicht jetzt. Nein, ich will diese Frau so sehr, dass der Gedanke, dass sie vielleicht geht, sobald Jake stabil ist, meinen Magen verkrampfen lässt. „Ich denke, du hast recht. Nichts geht über eine entzückende Dame als Anreiz."

Und ihr Saftsäcke teilt besser, ansonsten werde ich mehr als genervt sein.

Er grinst. „Es ist definitiv ein Anreiz für mich, ihm bei der Genesung zu helfen—schnell. Verdammt!" Wir lachen beide, als wir zurück zu Jakes Hütte gehen.

Als wir mit unseren Boxen hereinkommen, hat Alanna bereits eine Platte unter Jakes Bein geschoben und eine Saugeinlage dazwischen gelegt. Sie wäscht sein Bein und reibt es mit einer antibiotischen Wundsalbe ein. „Gut, ihr seid zurück. Stellt ein bisschen von allem in Reichweite, und einer von euch stellt sich bereit, um mir Zeug zu reichen."

Ich helfe ihr, während Daniel uns kühle Getränke besorgt. Sie schneidet die Nähte auf und entfernt sie so schnell, dass sie sie förmlich wie einen Reißverschluss öffnet, und untersucht die Wunde vorsichtig. Der Geruch und die Sauerei lassen mich zusammenzucken und ich sehe weg. „Wie zur Hölle kannst du all das ertragen?"

„Training und Übung", antwortet sie, wobei sie beginnt, die

Wunde mit Saline auszuspülen. „Die Humanbiologie ist unschön. Wenn ich mich anwidern lasse, dann leidet ein Patient, ohne die Behandlung zu bekommen, die er braucht. Wenn ich zu zimperlich wäre, um das Innere von Menschen zu sehen, würde ich es in diesem Job nicht lange aushalten."

„War irgendetwas je zu viel für dich?", frage ich, in meine Faust hustend.

„Das erste Mal, als ich einen komplizierten Bruch bei einem kleinen Kind behandeln musste war nicht gerade lustig, das steht fest. Wir mussten sein Bein wieder zusammennieten. Er konnte es wieder normal bewegen, aber ich wollte seine Mutter dafür umbringen, ihn so lange unbeaufsichtigt gelassen zu haben. Man lässt ein Kind nicht draußen, während man das Telefon holt, wenn das Kind so klein ist. Er war in weniger als einer Minute auf dem Baum." Sie beendet das Spülen der Wunde, schaltet Jakes Tischlampe ein und stellt sie so, dass sie direkt auf sein Bein leuchtet.

„Haben wir irgendwelchen Dreck in der Wunde gelassen?" Ich kann sie nicht lange ansehen.

Ich halte meinen Blick stattdessen auf Jakes Gesicht gerichtet. Er scheint ein wenig Probleme mit dem Atmen zu haben—nicht wie die langen stillen Phasen und das plötzliche Schnarchen von vorhin. „Weder Daniel noch ich haben irgendwelche Fähigkeiten, die über die grundlegende erste Hilfe hinausgehen."

„Ich habe mein Bestes mit den Infos getan, die ich online finden konnte", sagt Daniel, als er uns gekühltes Bier und gefrorene Limetten bringt. "Aber das ist, wie Kampfkünste aus einem Buch heraus zu lernen. Es funktioniert nicht gerade sehr gut."

„Ihr wart nicht schlecht. Das ist kein normaler Fall von Wundsepsis. Ich sehe keinen Schmutz, und wenn er für eine Weile geblutet hat, dann hat es vielleicht eher geholfen, die Wunde von Dreck und kleinen Fremdkörpern zu befreien. Aber wenn das MRSA oder etwas ähnliches ist, hätte selbst ein kleiner Schnitt das genauso einfach auslösen können." Sie reißt eine der Verbandshüllen auf und zieht eine lange Rolle grauen Schaumstoffes heraus.

„Was ist das?"

„Antimikrobieller Schaumstoff. Er wird Bakterien auf der offenen Wundoberfläche abtöten und sie bedecken, sodass es weniger weh tut. Es wird auch all den Dreck hier absorbieren und davon abhalten, dass er in den Blutkreislauf gerät. Es sollte ebenfalls helfen, die Nekrose zu verlangsamen." Manche dieser Wörter klingen für mich wie griechisch, aber ich nicke und lächle, die Verpackung für sie wegwerfend.

„Ich habe dir ein kaltes Getränk gebracht", bietet Daniel an.

„Klingt gut, aber meine Hände sind gerade ein wenig beschäftigt. Wenn du mir helfen willst, dann halt mir diese Bierflasche ins Genick. Hier drin ist es so heiß wie in einem Brennofen."

Daniel und ich tauschen einen Blick aus und ich nicke ihm zu. *Mach das Beste draus*, denke ich, als er zu Alannas anderer Seite geht und ihr die Bierflasche ins Genick hält, wie sie gebeten hat.

Wenn sie so kompetent ist, wie sie erscheint, dann werden wir nicht viel Zeit zur Verführung haben, bevor Jakes Fieber nachlässt.

Gut für ihn, wenn sie so gut ist, aber das gibt uns nicht viel, wenn wir sie für unser kleines Angebot erwärmen wollen.

KAPITEL 5

ALANNA

Ich brauche eine halbe Stunde, um die Wunde auszuspülen, sie mit antimikrobiellem Verband zu bedecken, die Außenseite zu reinigen und sie zu verbinden. Eine Vene in Jakes riesigem Arm zu finden ist einfach; ich setze den Portkatheter und bringe Ringerlösung und Antibiotika in seinen Blutkreislauf. Danach geht es hauptsächlich darum, es ihm weiterhin bequem zu machen, ab und an die Beutel auszutauschen und ihn zu überwachen.

Jakes Körper ist zäh, das muss ich ihm lassen. Allein die Wunde zu säubern, ihn zu rehydrieren und den Strom mit Antibiotika zu starten scheint mehr zu helfen als erwartet. Innerhalb von Minuten fiel er in einen friedlicheren Schlaf, und als ich eine halbe Stunde später nach ihm sehe und einen Teil des Schweißes mit einem Schwamm abwasche, ist die Schwellung nicht fortgeschritten.

„Na, da haben wir es doch, Junge." Ich betrachte seinen breiten, gebräunten Körper und begaffe ihn beinahe instinktiv, als ich ihn abwische: goldbraune Haut, goldbraunes Haar und ein beinahe brutal attraktives Gesicht.

Alle drei dieser Kerle sind umwerfende Traumtypen, aber ich muss im Moment auf meine Arbeit konzentriert bleiben.

Sebastian berührt meine Schulter sehr zart. Ich versuche, das

Kribbeln von Hitze zu ignorieren, das von seinen Fingerspitzen ausgeht. *Gott, vor ein paar Stunden habe ich die Tatsache beklagt, dass ich nie einen einzigen Kerl gefunden habe, mit dem ich intim werden wollte, und jetzt will ich sie alle drei vögeln?*, denke ich, kaum dazu fähig, mich zu konzentrieren, als er fragt: „Wie geht es ihm?"

„Das Fieber steigt nicht länger an, und die Infektion breitet sich nicht mehr aus. Das nenne ich ein gutes Zeichen, aber er muss immer noch überwacht werden." Mein Blick wandert über ein schwarzes Tattoo auf Jakes Trizeps. Der Stil ist mir bekannt: Dad hatte eins.

Ich massiere mir die Schläfen und trete zurück, ein weiteres Bier annehmend. „Wenn ihr auch irgendwelche Gefängnistattoos habt, solltet ihr wissen, dass sie einer der Hauptgründe für Staphylokok-keninfektionen sind. Ein Mangel an Sterilisation ist der gewöhnliche Übeltäter."

Sowohl Daniel als auch Sebastian sind sehr ruhig geworden, während sie mich anstarren. Ich sehe sie mit verschränkten Armen freiheraus an. „Staphylokokken besiedeln die Nase und die Haut. Es wird nicht zum Problem, bis die Haut verletzt wird oder jemand anders dem ausgesetzt ist. Aber sobald das passiert, könnt ihr mit einer solchen Situation enden."

Daniel nimmt einen tiefen Atemzug und dann einen noch tieferen Schluck seines Biers. „Wie werden wir es los?"

„Ihr müsst für ungefähr sechs Monate eine besondere antibakte-rielle Seife und Lotion benutzen. Ich gebe euch eine Produktliste und einen Plan. Es ist besonders wichtig für Jake, aber wenn ihr denkt, ihr wart dem vielleicht ausgesetzt, kann es wirklich wehtun."

Sie sehen beide besorgt aus, was bedeutet, dass sie beide selbst Gefäng-nistattoos haben.

Mein Herz rutscht mir in die Hose. *Ich weiß, dass Dad eine Weile einsaß, aber hat mich diese Erfahrung irgendwie verdreht? Die ersten Männer, an denen ich seit Ewigkeiten interessiert bin—die nicht schwul sind—und alle drei sind Ex-Knackis.*

Gott, ich hoffe wirklich, dass das nicht mein ‚Typ' ist. Vaterkomplex, hallo? Es hilft auch nicht gerade, dass alle drei mindestens ein Jahrzehnt älter sind als ich.

„Naja, erst einmal würde ich dir gerne für alles danken, was du getan hast, und alles, was du riskiert hast, indem du hergekommen bist." Sebastian fährt sich mit den Fingern durchs Haar und verlagert sein Gewicht. „Obwohl ich recht überrascht bin, dass du so wenig Probleme damit hattest, mit einer Gruppe Gesetzloser mitzukommen."

Nach einem Moment schüttle ich den Kopf. „Es erklärt, warum ihr mit ihm nicht aufs Festland gehen wolltet, um medizinische Hilfe zu bekommen. Es erklärt auch, warum ihr an der Seite des Kreuzfahrtschiffes hochgeklettert seid, anstatt euch unter die Leute zu mischen und vielleicht von einer Überwachungskamera erwischt zu werden."

Sebastian tauscht einen Blick mit einem etwas nervöser aussehenden Daniel aus. „Ich verstehe. Naja, du bist recht aufmerksam. Aber du bist auch an meiner eher bedeutsamen Frage vorbeigesaust."

Ich sehe ihm in die Augen. „War da eine Frage? Ich bin hier, um einen Job zu erledigen, und mein Job besteht darin, Menschen zu retten. Sofern ich nicht auf ein paar Kerle gestoßen bin, die Babys wegen ihrer Organe umbringen, gelten Sträflinge auch als Menschen. Aber da du es erwähnt hast, ich habe Erfahrung mit Sträflingen. Ich weiß, wie das System ist, und wie es die Leute entmenschlicht. Mein Dad war im Gefänfnis, als er starb. Okay?"

Da ist so viel mehr als das, also wird sich meine knappe Zusammenfassung nie ausreichend anfühlen: wie ich mir mit fünfzehn die Augen ausgeweint habe, in Schrecken versetzt; wie ich die Polizisten dafür gehasst habe, dass sie ihrem korrupten Waffenbruder geholfen haben, Dad wegzuholen; wie ich endlose Briefe an ihn geschrieben und herausgefunden habe, dass die, die er zurückschickte, bereits geöffnet und von jemand anders gelesen worden waren.

Seine verzweifelte, traurige Frage von hinter der Trennwand des Besucherraumes: *Hasst du mich jetzt?*

Nein, Daddy. Niemals.

Ich kenne Sebastian nicht gut genug, um in die hässlichen Details zu gehen. Ich hoffe, er ist clever genug, um das in meiner Stimme zu erkennen.

Er hat genügend Verstand, um unmittelbar zurückzutreten. „Oh. Naja, das erklärt viel." In seinen Augen und seiner Stimme liegt Überraschung—und Erleichterung.

Ich nicke abgelenkt, als ich bei Jake fertig werde, ihn wieder mit der leichten Decke zudecke und das Moskitonetz verschließe, das über seinem Bett hängt. „Ich brauche ein kaltes Getränk ohne Alkohol und etwas zu essen. Und irgendeinen Ort, wo ich mein Zeug verstecken kann, wäre auch nett." Ich habe immer noch den verdammten Rucksack bei mir.

„Komm mit uns rüber in die Küche", meint Daniel und ich nicke, während wir uns nacheinander die Hände waschen. „Wir haben Sandwiches und ich mache uns Egg Creams."

Ich starre ihn kurz an. „Du machst Egg Creams?"

„Ja. Mein Onkel hatte ein Eiscafé in Brooklyn." Er lacht ein wenig aufgrund meiner Verwirrung. „Hast du je einen getrunken?"

Ihr Lächeln ist ansteckend. Diesmal halte ich meins nicht zurück. „Nein. Ich denke, dass du das besser für mich änderst."

KAPITEL 6
ALANNA

D ie Egg Creams waren köstlich. Besonders die mit
Schokolade.

Wie die anderen Gebäude ist die Küche aus irgendeiner Art Lehm gebaut, mit einem Ziegeldach und sehr dicken,
gefliesten Wänden. Im Inneren ist es zehn Grad kühler, und ich
seufze erleichtert, als ich mich in einen der schweren, geschnitzten
Holzstühle setze. „Mann, ich dachte die Hitze in Miami wäre heftig."

„Es ist die höhere Feuchtigkeit", sagt Daniel abgelenkt, als er auf
den Kühlschrank zugeht.

„Willst du, dass ich die Klimaanlage einschalte?", fragt Sebastian.

Ich lächle und schüttle den Kopf. „Nein, ich sollte versuchen,
mich daran zu gewöhnen. Vielleicht nachher, wenn ich nicht
schlafen kann." Ich weiß allerdings nicht, wie um alles in der Welt
ich schlafen soll, aber das hat nichts mit der Hitze zu tun. Es ist die
Gesellschaft.

Trotz der verrückten Art, auf die wir uns kennengelernt haben,
stellen sich diese Männer als gute Gesellschaft heraus. Sie haben
interessante Geschichten... aber noch interessanter ist die Art, wie sie
auf mich auf raues, animalisches Niveau einwirken.

Aber mit wem sollte ich flirten?

Sebastian ist verdammt charmant. Seine Augen funkeln mit gerade genug Unfug, um ihn sehr faszinierend zu machen, sein schiefes Lächeln amüsiert mich, und dieses leichte Schnurren, das in seine Stimme auftaucht, wenn er flirtet, macht mir die Knie weich.

Daniel allerdings scheint wesentlich ernster zu sein. Es ist fast, als ob er ein Bedürfnis hat, dass ich ihm glaube und vertraue. Nicht nur das, aber er scheint auch Probleme damit zu haben, mir zu vertrauen.

Es ist nichts, was ich persönlich nehme; Ich bin ihnen so fremd wie sie mir. Und er hat von mir schon ein riesiges Treuebekenntnis bekommen, indem er mir eine funktionierende Feuerwaffe gegeben hat.

Er hat ein aufrichtiges, ehrliches Interesse an mir, das mehr als gut zu Sebastians oberflächlichem Charme passt, aber hier bin ich und fühle mich zu beiden gleichermaßen hingezogen.

Und dann ist da Jake, der noch nicht einmal bei Bewusstsein ist. Ich kenne nicht die Farbe seiner Augen, den Klang seiner Stimme oder eine einzige Sache über seine Persönlichkeit, trotzdem muss ich mich davon abhalten, hin und wieder mit meinen Händen über seinen prachtvollen Körper zu fahren, und meide es nur, weil es ein Vertrauensbruch wäre.

Ich stecke in Schwierigkeiten. Und nicht nur, weil ich auf einer fremden Insel mit einer Gruppe von Sträflingen bin, die von der amerikanischen Regierung gesucht werden—ganz davon zu schweigen, dass es wohl ein Risiko von herumschleichenden Piraten gibt. Nein. Ich stecke in Schwierigkeiten, weil ich nicht weiß, mit welchem dieser Jungs ich schlafen sollte.

Aber es wird definitiv einer von ihnen sein.

Die beiden bei Bewusstsein sind interessiert. Ich kann es daran erkennen, wie mir ihre Blicke folgen, als ich durch das Zimmer gehe. Die sanfte Art, wie Daniel meinen Nacken mit einer Bierflasche gekühlt hat, das Funkeln in Sebastians Auge, als er mir die Sachen gereicht hat. Werde ich ein Zerwürfnis zwischen den beiden verursachen, weil ich mich nicht entscheiden kann?

Was zur Hölle soll ich tun? Ich weiß nicht, wo ich anfangen soll. Nehme ich das Steak, den Hummer oder die Muskelprotz-Überraschung?

Ich unterdrücke ein Kichern und trinke einen weiteren Schluck meines Egg Creams. „Also, wie lange lebt ihr Jungs schon hier?"

„Fünf Jahre", sagt Daniel unmittelbar.

Sebastian wirft ihm einen Blick zu, nickt dann aber. „Es ist kein schlechter Ort, von den Piraten und Wirbelstürmen mal abgesehen. Es ist privat, der Boden ist fruchtbar und normalerweise können wir alles, was wir brauchen, von den umliegenden Inseln bekommen."

„Aber kein örtlicher Arzt?" Es erscheint merkwürdig. Vielleicht bin ich mir einfach den möglichen Gesundheitsgefahren hier in den Tropen zu sehr bewusst, aber ich würde nicht an einem Ort wie diesem leben, ohne nicht mindestens zwei medizinische Experten in Reichweite zu haben.

Sebastian seufzt. „Er ist vor ein paar Monaten gestorben und wir haben keinen Ersatz. Wir alle drei sind meist so gesund wie ein Pferd, aber wir haben nicht mit einem Feuergefecht gerechnet."

„Mit Piraten." Ich komme immer noch nicht über diese Tatsache hinweg. Wo sind wir, im 16. Jahrhundert? Warum tun die Leute sowas immer noch und erwarten, damit durchzukommen?

Daniel nickt weise, während er an seinem Erdbeer-Egg Cream nippt. „Ja. Mit Piraten. Bin davon immer noch irgendwie verblüfft. Nicht nur, weil es Piraten waren, sondern weil sie dumm genug waren und auf uns losgegangen sind. Die örtlichen Piraten sind normalerweise cleverer."

Ich runzle die Stirn. „Du sagtest, sie wären haitisch?"

Sebastian nickt und lehnt sich nach vorne. „Ja. Warum?"

„Mein Krankenhaus bekommt öffentlichen Gesundheitsalarm von der ganzen Karibik und dem Golf von Mexiko. Seit dem Erdbeben hat Haiti immer wieder Ausbrüche mit Verbrechen und Krankheit in den Notlagern. Es gibt viele Leute, die in andere Länder fliehen, und viele Leute, die einfach generell verzweifelt sind."

Daniel sieht daraufhin aufgewühlt aus. „Verzweiflung hätte ich leicht dazu bringen können, etwas so Dummes zu tun, wie uns anzugreifen, nehme ich an."

Sebastian macht die Sandwiches fertig und reicht mir eins; es ist so riesig, dass ich keine Ahnung habe, wie ich es in den Mund bringen soll. Er sieht meine aufgerissenen Augen und lacht. „Gefällt's dir?"

Ich beiße zögerlich in eine Ecke der Kreation aus Roast Beef, Käse, Truthan und Gemüse. Ich muss meinen Mund so weit öffnen, dass mein Kiefer schmerzt... aber in dem Moment, in dem mein Mund den ersten Bissen umschließt, erwacht mein Appetit und ich kaue enthusiastisch. „Mm-hmm!", murmele ich.

Daniel prustet und lehnt sich zurück, wobei er von seinem Egg Cream trinkt. Er nimmt sein Sandwich, legt es aber auf den Tisch. Vielleicht ist er noch nicht bereit für Fleisch, nachdem er gesehen hat, wie ich mich um Jakes Wunde gekümmert habe. Ich kann ihm das nicht einmal verübeln. Den Appetit zu behalten, nachdem man etwas so Grauenhaftes gesehen hat, ist eine Fähigkeit, die nur wenige Menschen, außer medizinisches Personal und Soldaten, je erlangen.

Ich schaue auf meine Uhr. „Okay, eine halbe Stunde ist um. Zeit, nach meinem Patienten zu sehen." Das läuft besser, als ich erwartet habe. Ich denke, ich habe kein Problem damit, Jamaika ausfallen zu lassen. Ich hoffe nur, dass die Schiffsbesatzung annimmt, ich bin auf der Insel auf Entdeckungstour gegangen.

„Ich komme mit, falls du eine Hand brauchst", meint Sebastian, der sich noch nicht einmal hingesetzt hat. Er zwinkert Daniel zu, der ein wenig grinst und aus irgendeinem Grund wegsieht.

Die Nachtluft ist schwer und stickig von der feuchten Hitze, da hinaus zu gehen ist wie der Gang in die Sauna. Ich versuche zu ignorieren, wie dadurch mein Top an mir klebt. Sebastian läuft nah neben mir, und ich merke, wie ich mir unsicher werde und Sorgen mache, dass ich Scheißbedeckt bin, mir das Haar an den Wangen klebt und ich vielleicht nicht gut rieche. Aber dieses helle, etwas verschmitzte Funkeln verlässt seine Augen nie.

„Du scheinst etwas weniger nervös zu sein", bemerkt er, während er neben mir entlang schlendert.

„Ja, naja, ich wäre weniger nervös gewesen, wenn ihr Jungs nicht in meine Kabine geplatzt wärt, aber ich verstehe, warum ihr es so tun musstet. Wie auch immer, dein Freund sieht nicht mehr so aus, als wäre er bereit zu sterben, also bin ich optimistischer." Ich wische mir

Strähnen schweißnassen Haares aus den Augen und versuche das Summen der Moskitos zu ignorieren, während wir den Platz überqueren.

In Jakes Kabine hat der Geruch von Desinfektionsmittel endlich den Gestank von Fieber, Schweiß und Infektion überwältigt. Er bewegt sich leicht, als ich seine Wunde kontrolliere. Das ist gut, er beginnt, auf Reize zu reagieren. Sein Fieber ist immer noch hoch, aber es ist um einen halben Grad gesunken, seit ich es das letzte Mal gemessen habe.

„Wie sieht's aus?" erklingt Sebastians sanfte Stimme in meinem Ohr. Sein Atem auf meiner schweißnassen Haut versetzt mir einen unerwarteten Schock der Lust.

„Er ist empfänglicher und sein Körper quält sich nicht so sehr, außerdem ist das Fieber gesunken. Allerdings ist er noch nicht über den Berg. Ich werde weiter nachsehen müssen." Ich seufze leise und drehe mich zu ihm um. „Es wird eine lange Nacht."

„Ah, das ist zu schade." Seine Augen funkeln gefährlich. „Ich hatte allerhand Vorschläge für Dinge, die wir tun könnten, um die Zeit rumzukriegen. Aber die Gesundheit meines Kumpels geht vor."

Ich starre ihn mit plötzlich brennenden Wangen an. „Äh... was hattest du dir vorgestellt?", murmle ich, während ich Jakes Wunde wieder verbinde.

Das tiefe Lachen an meiner Seite stellt die Haare in meinem Nacken aufgeregt auf. „Du bist schüchtern", neckt er.

„Vielleicht bin ich das." Ich versuche, die Verteidigung aus meiner Stimme zu halten und mich darauf zu konzentrieren, den frischen Mull zu verbinden.

„Tut mir leid, habe ich dich beleidigt?" Seine Stimme ist noch sanfter, und ich schenke ihm ein unbehagliches Lächeln.

„Alles gut." Ich zögere. „Ich bin es nur nicht gewöhnt..."

Wie sage ich ihm das überhaupt? Ich denke an Daniel und an Sebastian, und wie ich nie zuvor wirklich mit jemandem geflirtet habe, zu dem ich mich tatsächlich hingezogen fühle.

„Du bist ein klassisch schöner, umwerfender Rotschopf, und du bist es nicht gewöhnt, angemacht zu werden?", fragt er mit offensichtlicher Überraschung. Ich werde noch roter, und das lässt ihn erneut lachen, während ich aufräume. „Wirklich."

„Ich werde dauernd angemacht. Es gibt da einen Unterschied", sage ich, als wir gemeinsam rausgehen.

Er runzelt die Stirn und läuft dann vor mir, dreht sich um und macht ein paar Schritte rückwärts, während ich verlangsame. „Welcher Unterschied?"

Ich nehme einen tiefen Atemzug, mir plötzlich bewusst, dass ich zuvor auch nie meine Anziehung zu einem Mann zugegeben habe. *Anscheinend ist das eine Nacht der ersten Male.* „Meistens, wenn Kerle mich anmachen, sind es die falschen Kerle. Und sie tun es alle mit dem Anmut und Bedächtigkeit halb betrunkener Bauarbeiter."

Er bellt ein verwundertes Lachen. „Oh! Wow. Das muss unangenehm sein." Aber der andere Teil meiner Bemerkung entging ihm nicht, und nach einem Moment wird sein Lächeln noch boshafter. „Willst du sagen, dass du meinen Vorschlag angenommen hättest?"

„Äh... vielleicht? Ich meine... ich kenne dich nicht sehr gut. Außerdem bin ich nicht sehr erfahren mit Romantik." Das ist ein großes Eingeständnis. So viel habe ich noch nie jemandem außer Rosa gegenüber zugegeben.

Ich sehe ihn besorgt an, beunruhigt, dass er denken könnte, dass etwas mit mir nicht in Ordnung ist. Männer haben mich schon zuvor dessen beschuldigt.

Was ist falsch mit dir, magst du keine Schwänze, Schlampe? Was, du kannst kein Kompliment vertragen? Du solltest geschmeichelt sein, dass ich will, dass du mich bläst! Hey, ich rede mit dir! Wag es nicht, wegzugehen, sonst trete ich dir in deinen Hurenarsch!

Der fragliche Betrunkene war auf *seinem* Arsch gelandet, und der Rausschmeißer hatte ihn die ganze Zeit ausgelacht, während er ihn nach draußen brachte. Aber die Demütigung der Begegnung brennt immer noch, wenn ich daran denke... und all die anderen.

Es war nicht nur *ein* Mann gewesen, der mich gefragt hatte, was mit mir nicht in Ordnung war, es waren Dutzende. Jeder von ihnen machten mich für die Tatsache verantwortlich, dass sie vulgär, unangenehm und unattraktiv waren. *Bist du frigide?*

Ich starrte Sebastian im Mondlicht an und mein Magen macht einen kleinen Salto. Er ist schön, sexy und so charmant. Tatsächlich ist mein einziges wirkliches Problem, dass ich zwischen ihm und seinen beiden Partnern hin- und hergerissen bin. Ich möchte das ihm gegenüber allerdings nicht zugeben—ich möchte nicht wie eine riesige Schlampe klingen—aber es ist wahr.

Sein Gesicht wird sanfter. „Oh, naja. Kein Wunder, dass du ein wenig schüchtern bist. Keine Sorge, ich werde mich benehmen. Überwiegend, jedenfalls." Er zwinkert und ich unterdrücke ein aufgeregtes, lächerliches kleines Kichern.

Meine Beschämung darüber, ein so dämliches Geräusch zu machen, hat kaum Zeit, einzusinken, bevor er nach vorne tritt und mich küsst. Ich fühle seine zärtliche Berührung auf meinem Kiefer— nur ein Streifen—und dann bedecken seine warmen, festen Lippen meine.

Ich erstarre für einen Moment, und dann reagiert mein Körper beinahe heftig. Ich zittere und mein Herz beginnt zu pochen. Ein elektrischer Schauder der Lust durchfährt meinen ganzen Körper, es fängt bei meinen Lippen an, die sich mit eigenem Willen auf seine bewegen. Er macht ein leises Geräusch des Vergnügens in seiner Kehle, und er lehnt sich gleichzeitig zurück nach nur einer Sekunde, die sich aber ewig anfühlt.

Ich verfolge seine Lippen beinahe, da mich das abrupte Ende des Vergnügens innerlich ein wenig schmerzen lässt. Er hat mich atemlos zurückgelassen, dieses schiefe Lächeln auf seinen Lippen sagt mir, dass er genau weiß, welche Auswirkung er auf mich hatte. „Denk... denk einfach nur für später darüber nach, okay? Sobald Jake über den Berg ist."

Ich blinzle ihn an und nicke einfach, unfähig dazu, bereits zu sprechen.

Mein Kopf dreht sich immer noch, als wir wieder in die Küche kommen. Ich wasche mir aus Gewohnheit wieder die Hände und setze mich neben mein Sandwich, wobei ich daran rumspiele, anstatt zu versuchen, zu reden. *Heilige Scheiße, das war schön*, denkt ein Teil von mir immer wieder—und der Rest ist zu verblüfft, um zu reden.

„Sein Fieber geht runter", erzählt Sebastian Daniel, der erleichtert lächelt und zu mir sieht.

„Verdammt, ich bin froh, dass wir mit dir das Risiko eingegangen sind, Alanna. Ernsthaft, ich kann dir gar nicht genug danken."

Ich nicke und nehme einen weiteren Bissen meines Sandwiches, mich damit beschäftigend, es zu essen, sodass ich noch nicht reden muss. Mein Herz hat noch nicht aufgehört zu pochen und mir ist immer noch schwindelig.

Was erste Küsse angeht, der hat mich niedergestreckt.

„Es musste getan werden", antworte ich, was meine Standard-Antwort ist, wenn mich jemand fragt, warum ich so verdammt hart um die Leben der Menschen kämpfe. Ich schaffe es nicht immer, sie zu retten, aber ich tue immer mein Bestes. „Ich werde den Großteil der Nacht wach sein und ihn überwachen, bis ich eine Verbesserung sehe."

„Wow, verdammt. Du, äh, willst du Nachschub bei deinem Egg Cream?" Seine Hand bedeckt meine, seine Augen ein wenig schüchtern, als er beginnt, mit seinem Daumen über meine Fingerknöchel zu reiben. Sebastian schnaubt höhnisch, und Daniel wirft ihm einen finsteren Blick zu.

Oh scheiße, denke ich, besorgt über einen plötzlichen Ausbruch der Eifersucht. Aber das passiert nicht. Sebastian ist recht entspannt, und Daniel zeigt keinerlei Anzeichen, zu wissen, was auf unserem Weg zurück zur Kombüse passiert ist. „Vielleicht später. Momentan brauche ich nur mehr Wasser, um dieses Sandwich runterzuspülen. Aber danke."

„Ich verstehe." Er bringt mir Eiswasser aus dem Kühlschrank, und ich frage mich, wie sie hier alles mit Strom versorgen. Ich habe keinen Generator gehört. Ich trinke dankbar und füge das der Liste an Fragen hinzu, die ich über ihr privates Inselparadies habe.

„So wie es aussieht, wird er sein Bein eher nicht verlieren", erkläre ich. „Oder humpeln müssen. Er wird allerdings eine Narbe haben, und es wird Rehabilitation brauchen. Da kann nicht viel gemacht werden."

„Du hast bereits sein Leben und sein Bein gerettet, Liebes, und währenddessen definitiv unser Leben aufgeheitert", meint Sebastian fröhlich, wodurch ich erneut rot werde. *Verdammt, wie tut er mir das immer wieder an?*

Vielleicht täusche ich mich, aber ich fange an, mich wirklich darüber zu freuen, dass ich hierhergekommen bin.

„Ja. Ernsthaft. Eigentlich wollte ich fragen..." Meine Augen werden groß, und mein Kopf dreht sich, als Daniel fortfährt. „Ich habe mich gefragt, ob du es in Erwägung ziehen würdest, noch ein paar Tage zu bleiben, auch wenn es Jake wieder besser geht?"

Ich sehe zwischen ihm und Sebastian hin und her. Daniel sieht mich mit diesen ernsten, hoffnungsvollen Augen an und mein Herz rutscht mir in die Hose. *Scheiße, jetzt werden sie sich streiten.*

Ich möchte nicht nein sagen. Ich möchte zu *keinem* von beiden nein sagen. Meine Wangen fühlen sich an, als würden sie in Flammen aufgehen.

Aber dann begreife ich etwas: Sebastian hat nur lässig zugesehen, als Daniel direkt vor ihm mit mir geflirtet hat, und er hat keine Anzeichen von Eifersucht gezeigt—obwohl er mich soeben geküsst hat.

„Ich werde darüber nachdenken", erwidere ich mit einem Lächeln, woraufhin er mich anstrahlt. Sebastian tut es ihm gleich, ohne Daniel einen einzigen Blick zuzuwerfen.

Was geht mit diesen Jungs vor sich?

KAPITEL 7

JAKE

Fieberträume sind absolut scheiße. Ich hatte sie jetzt schon zweimal. Das erste Mal war in Folge des Ereignisses, das mir mein Purple Heart eingebracht hat. Momentan... momentan habe ich keine Ahnung, was vor sich geht oder passiert ist.

Wurde ich wieder im Dienst angeschossen? Bin ich betrunken? Warum tut mein Bein weh?

Wo zur Hölle ist meine Frau?

Verschwommene Bilder mit zu hellen Farben fliegen an meinen Augen vorbei und ergeben keinen Sinn. Sebastian und Daniel starren besorgt auf mich hinab. Der Mann, den Daniel erschossen hat. Die Piraten... die Piraten! Habe ich sie alle erwischt, oder die mich?

Flashbacks aus der Vergangenheit vermischen sich mit kürzlichen Erinnerungen. Lebt Maya oder ist sie tot? War bereits ihre Beerdigung? Ist der Mann, der sie umgebracht hat bereits tot?

Ich schlage ihn, schlage ihm die Zähne aus, und trotzdem lacht mich der fette Prolet der sie erschossen hat, betrunken mit einem blutigen Mund an. Also schlage ich ihn weiter und weiter und weiter, bis er nicht mehr lacht—und sich nicht mehr bewegt.

Es hilft nichts. Das finde ich zu spät heraus. Selbst weggesperrt in meiner Zelle, mit ihrem Mörder unter der Erde, nagt Mayas Abwesenheit an meinem Innern. Es ist eine hohle Qual, wie ein fehlendes Organ.

Der Gerichtssaal, mit seinen faden Wänden und rot-orangefarbenen Linoleumböden. Maya liebte Innendesign. Sie hätte diesen Raum gehasst, denke ich vage, bevor mein fiebriger Verstand die Bilder weitertreibt wie ein Fluss.

Die Piraten. Haben wir sie alle erwischt? Sind sie auf das Gelände gekommen? Die fassen besser nicht meine Plattensammlung an.

Ein Schuss fällt und mein Bein erfüllt sich mit Schmerzen, die sich ihren Weg durch meine Gliedmaße brennen. Ich fühle mich, als würde ich bis zum Knochen zerrissen. Die Welt beginnt, sich heftig nach vorne und hinten zu neigen; Ich stöhne und drehe mich um, wobei ich fühle, dass etwas an meinem Bein hängt. Dann legt plötzlich ein rothaariger Engel eine Hand auf meine Schulter, wodurch die Welt aufhört, sich zu bewegen.

Ich wache langsam auf, um mein schwach beleuchtetes Schlafzimmer und ein unbekanntes Gesicht zu sehen. Da ist eine Frau mit rotem Haar und OP-Handschuhen, die mit einer Spritze in der Hand zu mir heruntersieht. Ihre Augen sind braun und sanft, und sie sieht in einem Top verdammt gut aus.

Leider bin ich nicht in einem Zustand, um den Anblick zu genießen. Ich fühle mich so ausgewrungen durch den Mischmasch aus Träumen, dass ich für einen Moment Sorge habe, dass ich nach unten an mein linkes Knie sehen und unterhalb dessen nichts vorfinden werde. Glücklicherweise kann ich meine Zehen spüren und sie sogar ein wenig bewegen. *Sie muss die Kugel rausgeholt haben.*

Warum geht es mir dann so schlecht? Mein Mund ist staubtrocken, mein Kopf pocht und es fühlt sich an, als wären schwere Gewichte an all meinen Gliedmaßen befestigt. „Was zur Hölle?", krächze ich, und mein Hals ist so wund, dass ich sofort die Klappe halte. *Was zur Hölle geht vor sich?*

„Versuche nicht, zu reden", sagt die Frau sanft, aber nachdrücklich. Sie legt mir einen kühlen Lappen auf die Stirn und bringt mir einen Becher mit Eiswürfeln. Sie legt mir einen in den Mund und ich beäuge sie neugierig.

„Mein Name ist Alanna. Ich bin Krankenschwester. Deine

Freunde sind auf meinem Kreuzfahrtschiff aufgetaucht und haben um Hilfe gebeten, also bin ich hier. Und du", sie zieht die Decke zurück, sodass ich selbst sehen kann, „erholst dich von einem sehr bösartigen Fall von Staphylokokkeninfektion."

Ich blicke auf mein Bein hinab. *Fuck.* Die ganze Gliedmaße hat ein schweres, angeschwollenes Gefühl, und ich bin überrascht, dass ich überhaupt meine Zehen bewegen konnte. Die bandagierte Wunde ist so schmerzhaft, dass es sich anfühlt, als hätte sie jemand mit Feuer sterilisiert.

Staphylokokkeninfektion. Scheiße, die Wunde wurde septisch. Und das muss schnell passiert sein, denn ich erinnere mich an nichts nach diesem verdammten Kampf.

MRSA? Muss es wohl gewesen sein. Scheiße.

„Du wirst eine Narbe davontragen, aber das Bein ist okay, und du solltest keine Mobilität verlieren. Es wird eine Weile brauchen, bis es verheilt ist, und ich werde mich noch ein paar Tage um dich kümmern müssen. Aber du hast das Schlimmste hinter dir." Ihr Lächeln ist verdammt umwerfend.

Ich starre sie für einen Augenblick an, im Versuch, all das zu verstehen. Sie beginnt, die Bandage abzuwickeln und ich sehe hinab, der vorsichtigen Bewegung ihrer Hände folgend. „Es waren anderthalb Tage", erzählt sie mir, während sie den Mull öffnet. „Dein Fieber ist vor sechs Stunden komplett verschwunden."

Meine Augen werden groß, als ich die Wunde sehe. An den Kanten ist sie rot, noch nicht genäht, aber stattdessen mit einem Streifen aus irgendeiner grauen Baumwollart, der an den Stellen braun geworden ist, an denen es die verletzte Haut berührt hat. Sie wäscht ruhig um die Wunde herum ab, ohne die merkwürdig aussehende Abdeckung zu berühren, dann verbindet sie es wieder.

„Es sah wesentlich schlimmer aus, als ich hergekommen bin, glaub mir." Sie zieht ihre Handschuhe aus, wäscht ihre Hände und kommt dann zurück, um mir noch mehr Eiswürfel zu füttern.

Endlich hört mein ausgetrockneter Hals auf wehzutun und ich huste in meine Faust. Ich bemerke den Tropf, der an meinem Arm hängt. „Was hast du mir verabreicht?"

„Ringerlösung, Nährstoffe, Antibiotika. Etwas, um dein Fieber zu senken. Du solltest in ein paar Stunden auf orale Medikamente und so umsteigen können, aber erst muss ich dich wieder voll rehydrieren." Sie geht zu meinem Kühlschrank, um mehr Eiswürfel zu holen, was mir einen wirklich tollen Anblick auf ihren unglaublichen Hintern in einem engen Paar Khaki-Shorts gibt.

Verdammt, haben die Jungs die hübscheste Krankenschwester auf dem Planeten gefunden, oder was? Vielleicht wollten sie sicherstellen, dass ich die richtige Ermutigung hatte, um zu genesen. Ich lache ein wenig über meinen eigenen Witz und stöhne sofort vor Schmerz auf. *Aua.*

„Erinnerst du dich an irgendetwas?", fragt sie, als sie wiederkommt. Ich nehme den Becher mit den Eiswürfeln etwas wackelig, schaffe es aber.

„Albträume. War ich im Delirium?" Ich erinnere mich an das Bild von ihr als Engel, der kam, um mein heftig wackelndes Bett zu stabilisieren.

„Für eine Weile. Nicht sehr lang, aber als ich herkam, warst du in einem ziemlich schlechtem Zustand. Das ist allerdings vorbei, jetzt wo das Fieber weg ist." Sie sieht mich an und ich nicke.

Ich huste und höre auf damit zu versuchen ein weiteres Wort zu sagen, bis ich mehr Eiswürfel unterbekommen habe. „Wie viele Schmerzmittel habe ich jetzt intus?" Ich will nicht nach mehr fragen, aber ich könnte sie auf jeden Fall gerade brauchen.

„Du bist tatsächlich fast wieder fällig. Warum, spürst du etwas? Tut mir leid, aber ich wollte dich nicht zu sediert haben, da du den Anschein erweckt hast, dass du aufwachst." Sie geht auf eine der Boxen mit medizinischem Zubehör zu, die meinen Tisch bedecken.

„Ich fühle mich höllisch, aber ich bin kein Freund davon, beeinträchtigt zu sein." Ich sehe, wie sie eine weitere Spritze aufzieht. „Wird mich das ausknocken?"

„Nein, es macht dich vielleicht ein wenig müde, aber das ist alles. Wie geht es deinem Bauch?"

Ich mache eine schnelle innerliche Bestandsaufnahme. Durstig, trockener Hals, schmerzendes Bein... und ein leerer Magen. „Leer.

Besteht irgendeine Chance, dass ich demnächst etwas zu essen bekommen könnte?"

„Du bist tatsächlich hungrig?" Ihre Augen werden groß. „Verdammt. Naja, das ist ein gutes Zeichen, aber wir sollten es vermutlich langsam angehen."

„Nicht Hühnersuppe-Langsam?", frage ich zusammenzuckend.

„Pasta und Fleischbällchen-Langsam", meint sie mit einem zwinkern, bevor sie die Spritze in den Port steckt. Ein paar Sekunden später fühle ich, wie sich Wärme von meinem Ellbogen aus ausbreitet.

„In Ordnung, Deal." Lächeln tut in meinem Gesicht weh. Meine Haut fühlt sich an, als wäre sie gezogen und gedehnt worden, um auf einen größeren Körper zu passen—besonders an meinem Bein. „Wie geht es den Jungs?"

„Momentan schlafen sie. Es ist vier Uhr morgens. Willst du, dass ich sie hole?"

Ich zögere. Was ich momentan wirklich will, ist, weiter mit ihr zu reden und weiterhin der Mittelpunkt ihrer Aufmerksamkeit zu sein, während sie diesen umwerfenden Körper über meinen lehnt. Ich mag sie bereits.

Dann blinzelt sie und dreht sich um, in ihre Faust hustend. Sie scheint irgendeine Art von Anfall zu haben, und ich kann nicht herausfinden, was mit ihr los ist, bis ich bemerke, dass da ein Teil von mir ist, der sich überhaupt nicht mehr krank fühlt. *Wow, gut, dass ich nicht nackt mit einem Katheter oder sowas war.*

„Äh... sorry?", sage ich mit einem unbeholfenen Grinsen. Es tut mir nicht wirklich sehr leid; nachdem ich herausgefunden habe, dass ich beinahe gestorben wäre, sind kleine Dinge—wie das mein Bein immer noch an meinem Körper ist und dass mein Schwanz immer noch voll funktioniert—sehr beruhigend.

„Entschuldige dich nicht. Du bist erst aufgewacht. Wenn du die nicht bekommen würdest, wäre ich wesentlich besorgter." Sie wird rot. Oh *Junge*, sie wird rot. Und versucht nicht auf das Zelt unter der Decke zu sehen.

Ich kämpfe ein Grinsen zurück. Sie ist hinreißend.

„Warte, ich bin so krank geworden, dass mein Schwanz hätte aufhören können, zu funktionieren? Oh, Mann!", rufe ich mit falscher Panik und sie unterdrückt ein Kichern.

„Es wird dir gut gehen. Es war nur zeitweilig, wie das Fieber." Sie tauscht das kühle Handtuch auf meiner Stirn aus und stellt einen Ventilator an.

„War ich der einzige Verletzte?" Daniel war wahrscheinlich okay, da er bei mir war, als der Kampf an den Toren geendet hat. Aber was ist mit Sebastian?

„Nichts Schlimmeres als ein paar Blutergüsse. Es hätte schlimmer sein können, wenn du nicht gewesen wärst, so wie ich es verstanden habe." Ihre braunen Augen sind so sanft, als sie mich ansieht, dass ich eine warme, treibende Empfindung spüre, die definitiv keine Folge der Medikamente ist.

„Es ist dank uns allen", antworte ich beinahe reflexartig. „Wir arbeiten als Team." Das stimmt. Ich mag vielleicht der Panzer sein, aber ohne Daniels Sabotage und Sebastians schießerei hätten wir wirklich in Schwierigkeiten gesteckt.

Das lässt sie nur breiter lächeln. „Ja, naja, sie haben eine Fest-nahme riskiert, um dir eine richtige Krankenschwester zu besorgen."

„Ja, wir halten einander immer den Rücken frei", erwidere ich leise—und dann frage ich mich, wieviel sie weiß. „Wie viel haben dir die Jungs über uns erzählt?"

Ich schlucke unbehaglich und sie verlässt meine Seite, um mehr Eis zu holen. Sie kann nicht mehr als einen Becher voll für mich aus dem Gefrierfach holen, es ist einfach zu verdammt heiß.

„Du wirst glücklich sein zu wissen, dass wer auch immer diese Piraten waren, sie keine Anstalten gemacht haben, wiederzukommen." Sie streicht mir das schweißnasse Haar aus dem Gesicht, dann wechselt sie das Handtuch aus. Es ist beinahe eine Liebkosung, und es lässt meinen Schwanz ungeduldig pochen.

„Gut. Verdammte Idioten. Normalerweise ist der einzige Pirat, mit dem wir umgehen müssen, der Kerl, der Gras bringt, während er mit Piratenflagge unterwegs ist." Zugegeben, ich weiß, dass Marcel tatsächlich ein Pirat *ist*... aber nicht bei uns. Er ist zu clever.

„Ich denke, Ende gut, alles gut. Und es hat mir die Chance gege-ben, euch Jungs zu treffen. Ich wünschte nur, du hättest nicht verwundet werden müssen, damit das geschieht." Dieser zärtliche Blick schon wieder. Es sollte sich komisch anfühlen, solche Sorge von einer Fremden zu sehen, aber irgendwie fühlt es sich natürlich an. Als würde ich sie schon seit Tagen kennen... Monaten. Ich schlucke schwer und muss dann zurück zu den Eiswürfeln gehen.

„Es stört mich nicht. Das bedeutet, dass ich mit deinem hübschen Gesicht aufwachen konnte."

Das trifft sie. Ihr Lächeln strahlt so hell wie ihre Röte, und sie schaut schüchtern weg. Ich grinse trotz meines Unwohlseins. *Das ist so lustig.*

Ich bin froh, zurück im Land der Lebenden zu sein—in der Gegenwart—nicht in meiner qualerfüllten Vergangenheit, als meine Freiheit verschwunden und der Schmerz durch den Verlust meiner Frau noch frisch war.

„Naja, ich bin geschmeichelt, dass du so denkst", murmelt Alanna mit rosafarbenen Wangen und strahlenden Augen.

„Also... wie hast du die Jungs kennengelernt?", frage ich beiläufig.

Ich weiß nicht, was ich erwartet habe, aber definitiv nicht die Antwort, die sie mir gibt. Ich lasse das Eis im Becher schmelzen, während ich ihrer Geschichte der letzten zwei Tage zuhöre.

Sie weiß, dass wir Ex-Häftlinge sind. Ich weiß nicht, wie schlimm ich ausgesehen habe, als die Jungs gegangen sind, um Hilfe zu holen, aber es muss ziemlich schlimm gewesen sein, wenn sie so ein Risiko eingegangen sind.

Allerdings bemerke ich etwas Interessantes. Abgesehen von der Erwähnung, dass es eine Singles-Kreuzfahrt war, von der sie sie geholt haben, und der Tatsache, dass sie Krankenschwester ist, erzählt sie kaum etwas über sich.

„Ich denke, dann bin ich dir doppelt etwas schuldig", sage ich ehrlich. „Dafür, dass du mir geholfen hast und dass du uns genug vertraut hast, um es tun zu können."

„Es war nicht einfach", gibt sie zu. „Aber sie haben Fotos von dir und deiner Wunde mitgebracht." Sie zuckt die Achseln, für einen

Moment so mutig aussehend wie jeder Soldat. „Die Pflicht hat
gerufen."

„Ich bin froh, dass du darauf gehört hast." Der Schmerz in
meinem Bein und meinem Hals lässt nach, meine Haut fühlt sich
weniger gedehnt an. „Gehst du oft auf Kreuzfahrten?"

„Nah, kein Geld und keine Zeit. Außerdem werde ich braun wie
eine Kirsche."

Das sorgt dafür, dass ich mich in einen Hustenanfall lache.
„Scheiße, vielleicht sollte ich mit dem Essen warten." Stattdessen
trinke ich vom Eiswasser, was meinen ausgetrockneten Hals etwas
mehr beruhigt, und ignoriere meinen knurrenden Magen.

„Vielleicht. Brauchst du Hilfe beim Waschen?"

Ich wackle mit den Augenbrauen. „Wirst du mir ein
Schwammbad geben?"

„Äh... naja... es sei denn, du denkst, du kannst für eine Dusche
stehen..." Sie spielt mit ihren Fingern und kann mir nicht in die
Augen sehen. Hin und wieder schießt ihr Blick zu dem Zelt unter
meiner Decke, das keinerlei Anzeichen des Abbruchs zeigt, und beißt
sich auf die Lippe.

„Ich bin bereit, es zu versuchen, aber was ist mit meinem Port
und dem Bein?" Ich versuche behutsam, mich aufzusetzen. Mir ist
ein wenig schwindelig, wahrscheinlich wegen der Schmerzmittel,
aber es ist nicht so schwer.

„Wir machen sie wasserfest." Sie greift nach etwas, das aussieht
wie ein riesiger Druckverschlussbeutel mit einer Art rundem, versie-
geltem Ring, wo der Verschluss sein sollte. „Du duschst, ziehst neue
Klamotten an und dann hängen wir dich noch einmal für eine Weile
dran."

„Wie lange?" Ich hasse Infusionen. Ich habe sie bisher nur ein
paar Mal haben müssen, aber niemand mag Nadeln. Besonders die,
die für eine lange Zeit im Arm stecken müssen.

„Nur bis acht Uhr heute Morgen. Natürlich... wirst du, sobald der
Port weg ist, mit den Tabletten anfangen müssen."

Ich pruste. „Ich komme schon zurecht. Hilfst du mir ins Bad?"

Sie nickt und kommt herüber, um die Abdeckung über den Zugang und meinen Fuß zu stülpen.

Es ist ein unbeholfenes Schleppen zum Bad, da ich mich schwer auf sie stütze, während ich nur auf einem Bein hüpfe. Meine verletzte Gliedmaße schmerzt jetzt weniger, tut aber immer noch weh. Die Medikamente helfen, mich besser vom Schmerz zu lösen.

Genauso wie der süße Jasminduft von Alannas Parfum. Ich atme tief ein, während sie mir durch das Zimmer hilft und mir ein Handtuch und meinen Bademantel reicht. Als sie sich abwendet, lade ich sie beinahe mit mir ein... aber ich bin momentan nicht im Zustand, um in der Dusche irgendwelche Spielchen zu machen.

Die Überreste meiner Lieblingsjeans fühlen sich auf meiner Haut wie Schmirgelpapier an, als ich sie ausziehe. Sie fällt steif auf den gefliesten Boden und ich blicke hinab auf meine heftige Erektion. „Später, Kumpel."

Die heißeste Krankenschwester, die ich je gesehen habe, die zufällig ebenfalls mein Leben gerettet hat und rot wird, wenn ich sie anlächle, kann warten, bis ich stark genug bin, um mich wirklich um sie zu kümmern.

Die Frage ist, kann ich warten?

KAPITEL 8

ALANNA

Sobald Jake geduscht hat, Shorts trägt, hydriert, gefüttert ist und wieder in einem frisch gemachten Bett liegt, sehe ich ihm dabei zu, wie er einschläft, gerade als die Sonne draußen hell und heiß wird. Die portable Klimaanlage summt jetzt und gibt ihm während seines Schlafes etwas Komfort.

Mein Herz schlägt schnell und ich fühle mich, als würde ich wenig über dem Boden schweben. Nicht nur, weil er das Fieber überstanden hat und ich ein weiteres Leben gerettet habe... sondern weil er wundervoll ist.

Mein Lächeln verschwindet langsam und mein Herz rutscht nach unten. Ich seufze, während ich ein Glas Wasser trinke und meine Gedanken versuche zu sammeln.

Scheiße. Das bedeutet, dass ich mit drei Schwärmen die sehr gute Freunde sind rumlaufe—und alle drei Jungs scheinen mich auch zu mögen. Wie zur Hölle soll ich durch diese Gefühle kommen, ohne dass ihr Testosteron und ihre Eifersucht in den Weg kommen?

Es ärgert mich. Ich bin hergekommen, um ein Leben zu retten. Ich bin nicht hergekommen, um Ärger zwischen drei Kerlen hervorzurufen, die so ziemlich aufeinander angewiesen sind, um hier draußen zu überleben.

Ich möchte ihre Beziehung nicht ruinieren. *Soll ich einfach gehen?*
Nein, Jake braucht mich immer noch. Ich seufze und stelle das Glas
ab. *Naja, das bedeutet wahrscheinlich, dass ich immer noch eine ehrliche
Unterhaltung mit allen drei haben muss, bevor irgendetwas Schlimmes
passieren kann. Ich habe nur keine Ahnung, wo ich anfangen soll.*

Entschlossen mutig zu sein, lasse ich Jake schlafen und gehe nach
draußen, um mir die Beine zu vertreten und etwas frische Luft zu
schnappen, bevor es zu heiß wird. Das Gelände riecht nach dem hier
wachsenden Grün; der Gestank des Rauches ist nach mehr als einem
Tag endlich verzogen.

Die ganze Zeit habe ich nicht richtig geschlafen. Mein Kopf fühlt
sich innerlich hohl an, als würde er entweder von meinem Hals
wegschweben oder zerbrechen wie eine Eierschale. Ich muss etwas
Essen und Flüssigkeit zu mir nehmen und mich dann in mein
winziges Gästehaus zurückziehen, um etwas Ruhe zu bekommen.

Ich habe das Innere davon noch nicht besonders viel gesehen,
seit ich hergekommen bin. Es ist eine kleine Hütte, halb unterirdisch,
und gebaut aus etwas, das ähnlich wie Sandsäcke ist, mit einem
kegelförmigen Dach und blau-weißen Fliesen. Ein Futon nimmt den
Großteil des Bodens ein, während ein Luftentfeuchter, ein Ventilator
und eine Lampe den Ort etwas erträglicher machen.

Ich überquere den Platz in Richtung der kleinen runden Hütte,
wo ich eine fröhliche Stimme meinen Namen rufen höre. Ich drehe
mich um und sehe sowohl Daniel als auch Sebastian—oben ohne,
beide—die durch das Tor kommen, Sebastian mit ein paar Fischen
und Daniel mit Mangos.

„Guten Morgen!" Daniel kommt zuerst, sein Gesicht strahlend.
„Wie geht es unserem Jungen?"

„Er ist vor ein paar Stunden aufgewacht. Ich habe ihm geholfen,
sich wieder zu orientieren. Er schläft jetzt, aber er sollte heute mit
uns zu Abend essen können." Ich kann nicht anders, als zu grinsen.
Tod: null. Alanna und die stattlichen Kerle: eins.

Es ist allerdings von kurzer Dauer. Ich bin so neu in dieser Flir-
ting-Welt, dass ich Schuldgefühle spüre sobald ich die beiden sehe
nachdem ich mit Jake geflirtet habe. Ich möchte niemandem etwas

vormachen, aber ich kann mein Rotwerden und mein offensichtliches Interesse nicht verbergen. *Ich sollte es ihnen sagen.* Aber *was* sollte ich ihnen sagen?

„Hi, ich weiß, dass wir uns erst kennengelernt haben, aber ich kann mich wirklich nicht entscheiden, wen von euch drei ich vögeln will. Könntet ihr Jungs das regeln? Denn ich kann es nicht. Ihr seid alle zu umwerfend." Ich unterdrücke ein Lachen. *Heilige Scheiße, bin ich lächerlich. Genau wie diese Situation.*

Sie sehen beide glücklich und erleichtert aus, dass Jake endlich diese umwerfenden meergrünen Augen aufgemacht hat, und ich fühle mich genauso. Aber ich bin tatsächlich sehr überrascht, als sie beide herkommen und mich umarmen.

Plötzlich liegen zwei Paar Arme um mich, und ich werde gegen zwei geschmeidige, harte, halbnackte Körper gepresst. Ich erstarre, für eine Minute nicht sicher, was ich tun soll, und erwidere der Umarmung dann unbeholfen. Ich versuche, sie beide in den Umfang meiner Arme zu bekommen, während mein Herz so schnell schlägt, dass mir schwindelig wird.

Umgeben von einer Doppelwand aus warmem, muskeligem Fleisch, schmilz mein Körper zwischen ihnen, trotz meiner Befangenheit. *Kann ich nicht euch alle haben?* denke ich gierig.

Als sie mich loslassen, fühle ich mich ein wenig leerer, als wäre mir etwas genommen worden. Aber sie lächeln. „Tolle Arbeit!", sagt Sebastian. „Wie lange dauert es, bis er wieder auf den Beinen ist?"

„Er wird es für ein paar Wochen langsam angehen müssen, aber mit seiner Fitness und so zäh wie er ist, wird er meine dauerhafte Pflege nicht mehr brauchen, sobald er heute aufwacht. Ich werde ihn für ein paar Tage überwachen und ihm Medikamente geben müssen, aber das ist alles." Ich gähne lange. „Ugh, sorry."

„Kein Problem." Daniel lacht. „Hast du schon gegessen?"

Ich versuche mich zu erinnern, aber ich leide so unter Schlafentzug, dass ich nicht denken kann. Habe ich Hunger? Ich spüre die leichte Übelkeit, die immer kommt, wenn ich zu lange nicht geschlafen habe. Aber wenn ich mit zu niedrigem Blutzucker schlafen gehe, geht es mir beim Aufwachen noch schlechter.

„Ich könnte essen", erwidere ich letztendlich. *Und ich könnte wirklich noch so eine Alanna-Sandwich-Umarmung gebrauchen—denn das war himmlisch.* „Wie geht es euch?"

„Naja, wir haben ein wenig am Steg reparieren können, bevor es zu heiß wurde. Deshalb waren wir so früh auf." Sebastian geht wieder zurück zur Küche.

Als wir näherkommen, fängt eine kleine Schar bunter Papageien ein Gezeter auf der Dachkante an. „Hi, Leute!", ruft Daniel und reicht mir die Mangos, damit er eine mit seinem Gürtelmesser aufschneiden und Stücke werfen kann.

„Ihr habt Haustiere?", frage ich verwirrt. Sebastian lacht, während er die Tür für mich öffnet.

„Die mögen uns nur, weil wir freundlich sind, Essen haben und sie nicht jagen. Der Kampf hat sie für einen Tag verjagt, aber jetzt sind sie zurück. Gefallen sie dir?"

Ich erhasche einen Blick auf einen grünen Schwanz und einen grauen Hintern, der auf der Kante über mir wackelt, und trete gerade rechtzeitig zur Seite, damit keine Papageienkacke auf meiner Schulter landet. „Sie sind süß, aber nicht stubenrein."

Sebastian rollt mit den Augen. „Naja, für dich sind es wilde Tiere. Wenigstens hat er nicht angefangen, irgendwelche Spitzenprädatoren zu füttern."

„Eigentlich wollte ich euch mein neues Haus-Krokodil vorstellen...", ruft Daniel hinter uns, als Sebastian und ich in die Küche gehen, wobei ich wieder eines dieses dämlichen Kicherns unterdrücken muss. Diese Jungs geben mir manchmal das Gefühl, wieder fünfzehn zu sein. Einfach... aufgedreht.

Ich hoffe, dass ich all diese komplizierten Gefühle mit ihnen irgendwie sortieren kann, denn je mehr Zeit ich mit ihnen verbringe, desto eifriger bin ich, meine Jungfräulichkeit loszuwerden.

Es ist wie ein Jucken tief in mir, eine konstante Reizung, die mich in einem Zustand des immerwährenden Verlangens hält. Flirt, ein Kuss, eine Umarmung von zwei Männern... es hat nichts getan, als meinen Appetit zu stärken.

Ich will alles. Sex, Liebe, das Gefühl eines Mannes in mir und zu erfahren, wovon Rosa immer spricht, wenn sie ihre Liebhaber erwähnt.

Die Macht dieser Anziehung lässt in meinem Kopf keinen Platz für Logik; ich habe einfach keinerlei Erfahrung damit, einen Mann wirklich zu wollen und weiß nicht, wie ich damit umgehen soll.

Ich bin ein wenig atemlos, als wir reingehen. Es ist bereits kühler als draußen, und als Sebastian die Klimaanlage einschaltet, höre ich tatsächlich auf zu schwitzen. Ich nehme meine Wasserflasche aus dem Kühlschrank und nehme sie mit zu meinem Platz am Tisch, wo ich sie mit vorsichtigen Schlucken leere.

„Also", sagt Sebastian ohne Einleitung, als er sich mir gegenüber setzt. „Daniel hat bereits die Idee gehabt, dass du etwas länger bleiben könntest."

Ich beiße mir flüchtig auf die Lippe, während ich versuche, mich trotz meiner Erschöpfung zu konzentrieren. Ich will wirklich bleiben. Ich habe einen Monat Urlaub, und ich würde ihn lieber hier verbringen als auf dieser luxuriösen, frustrierenden Verschwendung von Kreuzfahrt. „Ich möchte bleiben. Aber die Kreuzfahrt wird bemerken, dass ich fehle, wenn ich zu lange weg bin."

Daniel kommt lachend herein und wäscht sich die Hände. Einer der Papageien hüpft ein paar Meter durch die Tür herein, sieht sich hoffnungsvoll um und hüpft dann wieder raus, als die Tür langsam zugeht.

„Oh, das wird kein Problem sein", versichert Sebastian sofort. „Papageien-Junge da drüben kann die Infos deines Tickets in unter einer Stunde ändern. Es ist nicht so ungewöhnlich, dass jemand bleiben will, wenn ihm ein besonderer Hafen gefällt."

„Wovon reden wir?" Daniel ist dran, Sandwiches zu machen. Er macht diesmal ein kubanisches Sandwich: Hühnchen mit Käse, Paprika und roten Zwiebeln. Der Geruch lässt meinen Magen knurren.

„Ich versuche, Alanna davon zu überzeugen, länger zu bleiben, damit wir sie verführen können", ruft Sebastian Daniel fröhlich zu, gerade als ich einen Schluck Wasser nehme.

Ich gurgle überrascht und kann es gerade noch vermeiden, den ganzen Mundvoll auf den Tisch zu husten. Sebastian kichert verschmitzt, während ich mich verschlucke und nach einer Serviette greife. „Gottverdammt, Mann!", keuche ich mit heißem Gesicht.

Daniel unterdrückt ein Lachen, als er rüberkommt, um mir mehr Servietten zu bringen. „Es tut mir leid, wenn Sebastian dich in Verlegenheit gebracht hat. Er ist ein wenig... offener... als ich es bin." Er sieht Sebastian etwas missmutig an, was ihn nur mehr lachen lässt. „Kannst du gut atmen?"

„Alles gut—soweit ich weiß, kann ich nicht zu Tode rot werden. Heilige Scheiße." Ich atme ein. „Aber, äh, ich bin etwas verwirrt. Du hast irgendwie ‚wir' gesagt. Das habe ich falsch gehört, oder?"

„Ja, hat er." Daniel lächelt mich fröhlich an und klaut dann Sebastians Strohhut, als er vorbeigeht. „Sei nicht gemein. Sie ist verwirrt."

„Ich bin nicht gemein. Der Ausdruck in ihrem Gesicht ist einfach so lustig!" Er wischt sich an den Augen. „Ich lasse dich vom Haken, Liebes. Die Jungs und ich teilen alles. Und jeden."

Er starrt mich intensiv an, wieder mit diesem neckenden Lächeln im Gesicht, und ich schnappe nach Luft, als ich die Bedeutung langsam erfasse. Er redet davon, dass die drei teilen... *mich*. Und dass ich *alle drei* bekomme.

Ich blinzle langsam und nehme ein paar Schluck Wasser, während ich darüber nachdenke, was sie sagen. Die Möglichkeit, tatsächlich das zu bekommen, was ich will—alle drei—überkommt mich wie eine warme Flutwelle und ich presse die Knie zusammen. Mein Kopf dreht sich vor Verwirrung und Aufregung.

„Wow. Äh... werdet ihr nie eifersüchtig? Wie geht ihr in einer Situation wie dieser damit um?" Ich kann nicht einfach ‚okay' sagen und annehmen, dass alles gut ist. Nur weil es das ist, was sie tun, bedeutet das nicht, dass es kein integriertes, verkorkstes Beziehungsdrama in diesem Arrangement gibt. Und das ist das Letzte, was ich momentan will.

„Wir reden darüber wenn es vorkommt und arbeiten das Problem gemeinsam aus", sagt Sebastian. Plötzlich klingt er nicht so sarkastisch. Tatsächlich hat seine Stimme einen Anflug von Dringlichkeit, als wäre er besorgt, ich würde abhauen, wenn sie nicht solche Eventualitäten haben.

„Es tut mir leid, wenn es wie eine offensichtliche Frage erscheint, aber es ist wichtig. Ich... fühle mich zu euch allen drei hingezogen." *Oh Gott, die Haut in meinem Gesicht wird verbrennen.* „Und ich wusste nicht, wie ich damit umgehen soll, da ich mich in nichts einmischen will, was hier vor sich geht."

Sebastian und Daniel tauschen einen Blick aus, und Sebastians Lächeln wird breiter, als Daniel wieder Sandwiches macht. „Ich bin froh, das zu hören. Selbst wenn ich für ein Wochenende jemandes Rücksichtslosigkeit ignorieren könnte, würde ich das meinen Partnern nicht zufügen."

Ich nicke, immer noch fassungslos. „Ich muss das erst noch überschlafen, aber... wenn ihr kein Problem mit einem kompletten Neuling habt, dann würde ich gern mit euch darüber reden. Ja." Ich nicke und ziehe die Schultern nach unten, froh darüber, dass ich diese Worte rausbringen konnte. „Und wenn es irgendwelche Computermagie gibt, die ihr anwenden könnt, damit ich keine Probleme mit den Leuten der Kreuzfahrt bekomme, tut das bitte."

Das ist das Beste, was ich momentan sagen kann. Ich erwarte immer noch halbwegs, dass ich aus einem Traum aufwache oder darüber informiert werde, dass ich sie falsch verstanden habe. Konnte es wirklich für sie in Ordnung sein, dass sie mich *alle* vögeln? Und konnten sie das wirklich tun, ohne dass Eifersucht oder ihre Egos in den Weg kamen? *Ernsthaft, wer sind diese Kerle?*

Daniel strahlt mich an. „Das ist toll! Ja, ich ändere einfach dein Ticket, dass es sagt, du wärst in Jamaika geblieben. Erwartet dich irgendjemand am Ende dieser Kreuzfahrt?"

„Nur eine Freundin." *Ich habe keine Ahnung, was ich Rosa über all das erzählen soll. Ich will ihr wirklich, wirklich alles sagen, aber was, wenn ich mich lächerlich mache? Oder sie!*

Immerhin, wer in der Welt geht direkt vom Dasein als Jungfrau zu einem potenziellen Vierer über?

„Das ist okay", sage ich letztendlich. „Ich werde sie anrufen, wenn die Zeit kommt, und lasse sie wissen, was los ist." Vielleicht rufe ich sie viel früher an. Ich muss es jemandem erzählen, jemandem, der vertrauenswürdig ist.

Ich muss nur herausfinden, wie ich es anspreche, ohne sie völlig zu schockieren.

„Alles gut?" Sebastians Hand landet auf meiner Schulter. Diese weiche, zärtliche Berührung von einer so großen, starken Hand bringt wieder dieses schmelzende Gefühl zurück. Aber ich bin einfach zu erschöpft, um es zu genießen.

„Ja, ich brauche nur viel Schlaf. Jake sollte bald wach sein, ich habe ihm gerade genug Medikamente gegeben, um seine Schmerzen zu lindern. Er würde nicht mehr akzeptieren." Ich leere meine Wasserflasche und lächle, als Daniel kommt und unsere Sandwiches vor uns abstellt.

„So lange wir dich nicht überfordert haben", sagt Sebastian und hebt eine Augenbraue, als er mich ansieht. „Deine Wangen haben fast die gleiche Farbe wie deine Haare." Er zwinkert.

„Lasst euch nicht stören, ich passe mich nur etwas langsam an." *Will ich überhaupt darüber nachdenken, was Dad davon halten würde?*

Nur, dass ich es weiß—ehrlich. Dad würde wahrscheinlich all diesen Männern in die Augen sehen und fragen, ob sie mich richtig behandeln würden, dann die Achseln zucken und das Thema wechseln, sobald das geklärt war. Und das sollte meine einzige Sorge sein.

„Da ist noch eine Sache, die du vielleicht wissen solltest, bevor es so weit ist", meint Sebastian leise, während er sein Sandwich nimmt. „Die Jungs und ich sind nicht gerade sanft. Tatsächlich sind wir alle ziemlich dominant." Er nimmt mit funkelnden Augen einen Bissen.

Was genau bedeutet das? frage ich mich später, als ich die kleine, bogenförmige Tür zu meinem Schlafzimmer öffne und reingehe. *Sind sie sehr pervers oder mögen sie es nur, die Kontrolle zu haben?*

Ich weiß so gut wie nichts über BDSM, außer dem, was ich in den Medien gesehen habe, was anscheinend zu 95% Mist ist. Was werden sie wollen? Peitschen und Ketten?

Ich bin nicht sicher, ob ich es mag, verletzt zu werden. Festgehalten vielleicht, aber geschlagen?

Ich kann mir nicht wirklich vorstellen, wie irgendeiner von ihnen etwas allzu Verrücktes ohne meine Erlaubnis tut... aber ich bin alleine auf einer Insel mit drei von ihnen. Ich denke, ich kann fliehen, wenn es dazu kommt, und ich habe immer noch die Waffe, aber wenn sie mich fesseln, dann war's das.

Okay, ich werde darauf beharren, dieses Thema langsam anzugehen, genau wie alles andere. Sie wollen vielleicht etwas gänzlich anderes als das, was ich mir vorstelle.

Ich ziehe meine Kleidung aus, immer noch feucht von meiner Dusche vor meinem Nickerchen, und ziehe das pinke Nachthemd an, das ich in der Nacht getragen habe, in der ich sie kennengelernt habe. Ich habe es bewusst mitgebracht, da ich weiß, wie Daniels und Sebastians Augen strahlten, als sie mich darin gesehen haben. Zu diesem Zeitpunkt war es Wunschdenken gewesen, aber jetzt würde dieses Outfit vielleicht wirklich etwas sehen.

Genau wie ich. Verdammt. Bin ich dafür bereit?

Ich möchte es. Der Gedanke daran macht mich geiler denn je. Der moschusartige Geruch meiner eigenen Erregung hält mich wach, als ich mich auf dem Futon ausstrecke und das Moskitonetz schließe.

Wenn es um Vorlieben geht, was mag ich? Habe ich überhaupt Vorlieben? Ich habe tatsächlich nie zuvor darüber nachgedacht. Es ist mir schon schwer genug gefallen, jemanden für halbwegs anständigen *sanften* Sex zu finden.

Ich starre zur Decke mit ihrem Ring aus Oberlichtern und betrachtete die Millionen Sterne, die dadurch zu sehen sind. Ich bin immer noch aufgeregt, egal wie besorgt ich bin, dass ich die Herausforderung nicht annehmen werde. Aber ich bin einfach verrückt nach meinen Gastgebern, und ich kann nicht anders, als die Aufregung in mir zu spüren.

Der charmante, verschmitzte Sebastian mit seiner schnellen Auffassungsgabe und seinen weichen Händen. Der gutherzige Daniel, der Tiere liebt und dunkle Augen hat, in die ich sinken könnte. Der große, harte Jake, der von seinen eigenen Verletzungen frustriert ist, aber sanft und zärtlich mit mir ist.

Wie würden sie als Liebhaber sein? Und welche Art von Liebe

würden sie wollen? Würden sie alle gleichzeitig zu mir kommen? Sich abwechseln? Mich zu unterschiedlichen Zeiten treffen?

Wie sieht es überhaupt aus, drei verschiedene Männer als Liebhaber zu haben? Wie fühlt es sich an?

Ich schlucke schwer und Schweißperlen bilden sich auf meiner Haut, während meine Brustwarzen hart werden. *Ich will es herausfinden.*

Ich bete nur, dass diese Bettgeschichte nicht mit Komplikationen einhergeht—außer der Tatsache, dass sie Häftlinge sind, der Art, wie wir uns kennengelernt haben, den Piraten und dem ganzen Rest jedenfalls...

Ich liege lange Zeit da, bevor ich endlich einschlafe. Jede Bewegung sorgt dafür, dass die Seide meines Nachthemdes über meine Brustwarzen fährt und ich weiß nicht, was ich wegen meines frustrierten Verlangens tun soll. Als ich endlich wegschlummere, folgt mir diese Begierde in einen unruhigen Schlaf voller unzufriedener Träume.

KAPITEL 9

DANIEL

„Hey Kumpel, wie geht's dir?" Ich dränge mich mit Sebastian an meiner Seite in den Türrahmen von Jakes Hütte, bepackt mit einem Sportgetränk, Root Beer und einem weiteren Sandwich.

Jake sitzt aufrecht, die Farbe in seinem Gesicht ist praktisch wieder normal und der faule Geruch, der einen halben Tag in der Luft gegangen hat, ist völlig weg. Seine Augen haben beim Anblick des Sandwiches ein räuberisches Glänzen. „Verdammt ausgehungert. Frag mich nochmal, nachdem ich all das unten habe."

Sebastian folgt mir hinein und antwortet fröhlich: „In Ordnung. Ich denke, wir müssen nicht fragen, ob dir nach Essen ist."

„Bring einfach die ganze Kuh, Mann. Ich schneide mir selbst ein Stück ab."

Ich reiche ihm den Teller und die Flaschen. Er leert das Sportgetränk in ein paar großen Schlucken, trinkt das halbe Root Beer in einem großen Schluck und seufzt, woraufhin er mit eindeutiger Ungeduld wartet, dass sich die Flüssigkeiten setzen, bevor er beginnt, sein Sandwich zu zerstören. Er scheint ein völlig anderer Mann als der Bewusstlose von vor zwei Tagen zu sein—gelangweilt von seinem Bett und seiner Medizin und bereit, das Leben wieder anzugehen.

Sebastian setzt sich auf den Stuhl am Tisch und ich nehme Jakes Lehnstuhl, wobei ich mich unterhalte, während Jake ein großes Stück Sandwich kaut. „Alanna schläft endlich nach zwei Nächten, in denen sie nach dir gesehen hat. Sie wird nachher aufstehen, damit wir reden können."

Jake beäugt Sebastian und dann mich, bevor er schluckt. „Über was?" Er nimmt einen weiteren riesigen Bissen, während er zuhört.

„Darüber, dass sie für ein paar zusätzliche Tage zum Rummachen bleibt. Mit uns allen drei. Sie durchdenkt das—und das Dominanz-Zeug—wir werden darüber reden." Sebastian zwinkert und ich schnaube leicht mit einem Kopfschütteln.

„Warte, also sie steht tatsächlich auf uns alle und macht mit? Heilige Scheiße, jetzt fühle ich mich noch glücklicher." Jake grinst. Es liegt immer noch etwas Müdigkeit darin, aber es geht ihm nach diesen Neuigkeiten definitiv besser.

Er nimmt einen weiteren Bissen und sieht immer nachdenklicher aus, während er kaut und schluckt. „Wie hat sie das mit den Vorlieben aufgenommen? Hat sie irgendwelche Erfahrungen damit, unterwürfig zu sein? Ich will sie nicht verschrecken."

„Eigentlich", Sebastian tippt sich mit einem Finger auf die Lippen, „nach ihrer Aussage hat sie sehr wenig Erfahrung mit *irgend-etwas*. Tatsache ist, wenn ihre Reaktion darauf, geküsst zu werden, irgendeinen Hinweis gibt, könnte sie vielleicht völlig unberührt sein."

Jakes Augen werden groß. Ich lächle und tue mein Bestes, meine wilde Erektion bei der Aussicht darauf, einem kompletten Neuling etwas über Sex beizubringen, zu ignorieren. „Wir werden es mit ihr langsam angehen müssen", warne ich sanft.

Zum Teil ist es eine Warnung für mich. Wir sind alle dominante Liebhaber, aber zwischen uns dreien bin ich es am meisten. Sebastian macht Witze darüber, wie es ‚immer die Stillen sind', und das stimmt. Ich weiß, dass ich mit der lieben, mutigen Alanna sehr vorsichtig sein muss.

Ich sehe alle drei an und grinse langsam. „Ich mag das Potenzial hier", bemerke ich, und beide meiner Freunde nicken enthusiastisch. „Also, wer geht als erstes auf sie zu?"

„Naja, wenn wir Streichhölzchen ziehen, könnt ihr mich auslassen, denn ich bin noch nicht bereit dazu, irgendjemanden zu dominieren. Regelt ihr zwei das." Jake lächelt viel mehr als sonst. Es ist ziemlich schön, ihn so zu sehen, besonders nachdem wir ihn auf der Schwelle zum Tod erlebt haben.

Und wenn ich nicht den Abzug gedrückt hätte, hätten wir ihn stattdessen begraben. Ich kämpfe immer noch mit der Realität, einen weiteren Menschen getötet zu haben. Wenigstens begonnen die Übelkeit und die Schuld bereits nachzulassen, anders als die Monate, die ich mit ihnen als konstante Begleiter nach dem letzten Mal verbracht habe.

Beim ersten Mal, als ich jemanden umgebracht habe, war es im Knast gewesen, und es war auch die Sache gewesen, die mich in den Hochsicherheitstrakt brachte, wo ich Jake und Sebastian traf. Zu dieser Zeit war es auch nötig gewesen.

Das Justizsystem schert sich allerdings keinen Dreck um Selbstverteidigung. Gute Häftlinge sterben einfach still und leise. Sie wehren sich nicht. Sobald ich realisierte, wie wahnsinnig das ist, hörte ich auf, mich so schuldig zu fühlen.

Schnell wende ich meine Gedanken wieder einem wesentlich besseren Thema zu: Sex—genauer gesagt, Sex mit der süßen, heißen, unglaublich kompetenten, *jungfräulichen* Alanna.

Daran bin ich definitiv interessiert.

„Äh, okay." Ich sehe Sebastian an—und stutze. Der Blick, den er mir zuwirft, ist beinahe aggressiv. Als fühlte er sich in Bezug auf Alanna bereits territorial. Das ist ihm gar nicht ähnlich.

Ich betrachte ihn friedlich. Er hat bereits Alannas ersten Kuss bekommen, und ich empfinde nicht wirklich das Verlangen, für ihn zur Seite zu treten, nur weil er gierig ist. „Etwas nicht in Ordnung?", frage ich ihn.

„Ich... frage mich nur, wie wir das anstellen sollen", weicht er aus.

„Naja, ich wollte vorschlagen, dass wir sie schrittweise in den Sex einführen, anstatt darüber zu diskutieren, wer sie als erstes vögeln darf." Ich sehe ein Flackern in seinen Augen und er schaut nach unten, wobei die Aggression aus seinem Gesicht schwindet. „Das sollte wirklich sowieso ihre Wahl sein."

Sebastian räumt das mit einem Nicken ein, während Jake scherzt: „Langsame Einführung klingt wie ein Rezept für Kavaliersschmerzen. Du willst diesen Job, du hast ihn."

Ich sehe Sebastian an. „Willst du eine Münze darüber werfen, wer als erstes mit ihr rummachen darf?"

„Ja", antwortet er letztendlich mit nur einem Anflug von Frustration. Es macht mich ein wenig skeptisch...

Besonders nachdem ich den Münzwurf gewinne.

Sebastian war schon immer der Leichtfertigste von uns. Manche seiner Eroberungen in der Vergangenheit waren zu viel, als dass selbst ich sie überhaupt in Betracht gezogen hätte: wessen Gattin die Frau war, das Timing, das Risiko... Er ist nett zu den Frauen, natürlich, aber ich frage mich immer noch, wie er noch nie von einem wütenden, eifersüchtigen Ehemann angeschossen wurde.

Jetzt ist er derjenige, der etwas Wut und Eifersucht zeigt. Für einen Moment biete ich ihm beinahe meinen Platz an, nur um den verdammten Frieden zu wahren. Am Ende allerdings ist er derjenige, der unvernünftig ist, also entscheide ich, den Mund zu halten.

Wir haben uns alle diese Verhaltensregeln ausgedacht und ihnen zugestimmt—er ist derjenige, der die meisten davon vorgeschlagen hat. Wenn er sie jetzt nicht mehr mag, kann er sich mit seiner eigenen Scheinheiligkeit beschäftigen. Wenn es schlimmer wird, rede ich mit ihm darüber. Aber momentan springt mein Verstand auf später heute Abend.

Heute Abend... wenn ich Alanna manche meiner ‚ersten Male' vorstelle.

Der Ausdruck in seinen Augen stört mich allerdings immer noch, und anscheinend bin ich nicht der Einzige, der es bemerkt hat. Als Sebastian wieder runter zum Steg geht, um im Tageslicht die Schäden der zwei übrig gebliebenen Boote zu begutachten, wendet Jake sich mir zu. „Also bin das nur ich", sagt er nachdenklich, „oder verhält Sebastian sich ein wenig so, als gingen wir seiner Freundin hinterher."

Ich runzle die Stirn. „Es mag vielleicht nicht so schlimm sein, aber er hat das Verlieren beim Münzwurf definitiv schlechter aufgenommen, als er es hätte tun sollen." Ich bringe ihm ein Glas kaltes Wasser, er hat Flüssigkeiten heruntergekippt, als wäre er ausgetrocknet. Ich denke, dass das mit der Hitze, diesem Fieber und dem Blutverlust keine Überraschung sein sollte.

„Okay, naja, wenn es sich als Problem herausstellt, können wir ihn uns vorknöpfen. Aber ich denke nicht, dass es langfristig wird. Sebastian weiß, wie er damit umgeht. Wenn er eifersüchtig wird, denke ich, dass er damit umgehen wird, ohne dass es zum Problem wird."

Ich zucke ein wenig zusammen, denke aber darüber nach. Sebastian war schon immer verlässlich in seinem Umgang mit uns, aber trotzdem. „Bist du sicher?"

„Sieh mal, er hat das Geld geliefert, um diesen Ort hier zu bekommen, damit wir unsere Leben wir anfangen konnten. Wegen ihm und deinen Investitionen sind wir zusammen Milliardäre. Wenn der Kerl bereit ist, den Reichtum zu teilen, wegen dem er im Gefängnis gelandet ist, nehme ich an, dass es für ihn in Ordnung sein wird, seine Versprechen zu halten, wenn es um Alanna geht."

Jake leert sein Glas und beäugt es dann frustriert, als würde er sich wundern, warum es so klein ist.

Ich fülle es für ihn auf. „Du hast recht. Ich sollte mehr Glauben an meinen Partner haben."

Aber die Zweifel nagen noch Stunden später an mir, nachdem die Sonne verschwunden ist und wir mit Alanna zu Abend essen. *Etwas an Sebastians Reaktion hier ist... anders.*

Ich werde beobachten und schauen was passiert.

KAPITEL 10

ALANNA

Ich schaffe es endlich, bei Sonnenuntergang aus dem Bett zu kommen. Mein Schlafrhythmus ist völlig durcheinander, aber das ist in Ordnung. Jake lebt und wird sein Bein bald wieder voll belasten können, und ich habe *drei* heiße Kerle, die an mir interessiert sind. Und sie haben geschworen, dass es keine Eifersucht geben wird—dass sie sich darum kümmern werden.

Bezüglich des letzten Punktes zweifle ich immer noch etwas. Aber ich bin mehr als begeistert, es zu versuchen. Und nicht nur, weil ich meine lästige Jungfräulichkeit loswerden und lernen will, wie es ist, eine wirklich schöne Zeit mit einem Liebhaber zu haben, den ich begehre.

Ich will diese Kerle. Ich kann mir keine anderen Männer vorstellen, die ich je mehr gewollt habe. Zum Teufel, bevor ich sie getroffen habe, war mir dieses schmelzende Gefühl, die Sehnsucht zwischen meinen Beinen, der Drang meine Oberschenkel zusammenzudrücken, mir einfach nie widerfahren.

Sie zeigen mir bereits so viele neue Dinge und haben noch nicht einmal angefangen, es zu versuchen.

Bisher sind alles, was ich je von Männern bekommen habe, viele Ansprüche. Keine Angebote, keine Verlockung, nicht einmal Freundlichkeit oder Zärtlichkeit. Nur viel *gib mir die Pussy, Baby* und *du wirst auch nicht jünger* und hundert andere Sätze voller Mist.

Solches Gerede hat es immer geschafft, meinen Sexualtrieb besser herunter zu kühlen als ein Spritzer kaltes Wasser. Aber jetzt, wo ich die richtigen Kerle gefunden habe, bin ich so bereit, berührt zu werden, dass ich ungeduldig werde.

Mein Verstand ist während des ganzen Abendessens bei Sex. Danach quäle ich mich stundenlag mit atemloser Neugier, selbst als die Männer den Platz mit Zitronell-Öl-Fackeln umringen, damit wir *Jäger des Verlorenen Schatzes* auf einer Leinwand ohne die Ablenkung von Mücken ansehen konnten. Als ich Jakes Verband erneut auswechsle und er sich darauf vorbereitet, ins Bett zu gehen, denke ich immer noch an Sex.

Ich musste das Seidennachthemd mit Wasser von einem Regenschauer waschen und hatte es im Wind flattern lassen. Es ist immer noch etwas feucht von all der Feuchtigkeit, als ich es anziehe, und die Seide klebt an meiner Haut. Merkwürdig, alleine ins Bett zu gehen, nachdem ich den ganzen Tag an Sex gedacht—und mich sogar darauf vorbereitet habe. Meine nicht jugendfreie Gedanken verfolgen mich immer noch, als ich daliege und versuche zu schlafen.

Wie fühlt sich ein Orgasmus überhaupt an? Wie kann sich etwas so gut anfühlen, dass es eine Frau so schreien lässt, als hätte sie Schmerzen? Ich presse meine Knie zusammen, frustriert, dass ich mich von meiner Erziehung davon habe abhalten lassen, zu lernen, wie ich mich selbst befriedigen kann.

Ich beginne gerade, mich zu fragen, ob ich versuchen sollte, es zum ersten Mal alleine zu machen, als ich draußen ein leises Geräusch höre. Ich verstumme, lausche und erinnere mich an die Waffe in meiner Tasche, aber ebenfalls daran, dass ich auf einem befestigten Gelände auf einer einsamen Insel bin.

Bitte lass es einen der Jungs sein, denke ich, während ich daliege und den Schritten lausche, die über den Kies auf mein vorübergehendes Zuhause zukommen.

Jemand klopft an meine Tür. „Hey", sagt eine bekannte Stimme leise und ich setze mich auf, wobei ich erleichtert lächle, als ich sie erkenne.

„Daniel!" Ich brauche einen Moment, um das Moskitonetz zur Seite zu schieben und aufzustehen. Ich schließe die Tür auf und öffne sie. Bepackt mit einem Rucksack und einer großen Thermoskanne, die vielversprechend vor Kondensation tropft, kommt er herein und an mir vorbei.

„Hi!" Er lächelt im Licht der kleinen batteriebetriebenen Laterne, und das Licht schimmert auf seiner nackten Brust. Er trägt ein Paar abgenutzte Jeansshorts und sonst nichts. „Ich kann nicht schlafen, und dein Licht war an, also dachte ich, du würdest vielleicht gerne etwas mit mir trinken."

„Klar." Der Anblick lenkt mich ab. Er ist schlanker als die anderen, geschmeidig anstatt massig wie Jake, aber sein Körper besteht aus festen Muskeln unter glatter, leicht gebräunter Haut. Ich kann einen Hauch von dunklem Haar sehen, das von seinem Bauchnabel bis zu den Shorts mit Seilgürtel geht, und ich frage mich, wie er aussehen würde, wenn diese nicht meine Aussicht versperrten.

„Ich habe hausgemachten Sangria und Brownies mitgebracht." In der anderen Hand hält er einen Frühstücksbeutel.

„Verdammt, du kennst auf jeden Fall den Weg zum Herzen eines Mädchens, oder nicht?", necke ich, und seine ehrlichen, dunklen Augen werden etwas schmaler, was mir einen Schauer über den Rücken jagt. Sie werden noch schmaler, als er bemerkt, dass ich das gleiche Nachthemd trage wie in der Nacht, in der wir uns kennenlernten.

„Trag... dieses Outfit einfach öfter, wenn ich in deiner Nähe bin, Deal? Dann sind wir quitt", haucht er und ich unterdrücke ein Grinsen.

„Du löst in mir den Wunsch aus, mehr Dessous eingepackt zu haben", necke ich, und sein Lächeln würde genauso gut auch zu einem Raubtier passen.

„Zu schade, dass du nur für ein paar Tage hier bist."

Ich pruste. „Pfft, es ist eine dreiwöchige Kreuzfahrt, und danach habe ich immer noch eine Woche Urlaub."

Das Schimmern in seinen Augen wird intensiver. „Oh, wenn das so ist, wir bekommen hin und wieder Lieferungen von einem Freund hier. Manchmal bringt er jegliche Bestellungen, die ich online aufgegeben habe."

„Du willst mich verlocken, länger hier zu bleiben, indem ich Dessous bekomme?" Plötzlich werde ich so rot, dass ich mich über die schwache Beleuchtung freue.

„Und Spielzeuge", sagt er mit einer etwas tieferen Stimme. „Aber nur, wenn du dafür bereit bist."

Ich schlucke schwer. „Okay. Aber welche Art von... Spielzeugen? Ich meine, ihr Jungs habt erwähnt, dass ihr auf Dominanz steht, aber nicht wie hart oder... so. Steht ihr voll auf BDSM? Ich bin nicht sicher, ob mir etwas gefallen würde, das mich bluten lässt."

Er schnaubt, und das Geräusch beruhigt mich sofort. „Nur Amateure versuchen, mit einem kompletten Neuling hart zu sein. Ich will dich nicht abschrecken. Die Jungs genauso wenig."

Ich zögere. „Aber...?"

„Aber wir haben alle ein paar Dinge, die wir gerne verwenden, in einer Szene oder während des Sex. Und es wird wahrscheinlich auch welche davon geben, die dir auch besonders gefallen. Oder neue Dinge, die du ausprobieren willst." Er streckt die Hand aus und streicht mir mein Haar zurück, dann zieht er selbstsicher das Haargummi heraus und öffnet meinen Zopf. Ich fühle es bis in die Zehenspitzen, als er mit seinen Fingern durchfährt.

„Ich weiß gar nicht, wo ich anfangen soll", gebe ich mit Blick auf ihn zu. „Was ist einer deiner Favoriten?"

„Augenbinden", antwortet er lässig.

Das erscheint nicht allzu einschüchternd. „Äh, okay. Warum?"

„Naja, ich mag sie, weil ich mich in gewissen Arten von Spielen spezialisiere, die involvieren, subtil dein Niveau von Lust zu kontrollieren. Die Idee ist, dich so lang wie möglich auf der Schwelle zum Höhepunkt zu halten und dich dann zu lassen. Normalerweise." Jetzt sieht dieses Schimmern wie ein kleines Inferno aus. „Wenn du nett fragst."

„Wie spielt da die Augenbinde mit hinein?" Ich versuche mir

vorzustellen wovon er spricht: ein Niveau von Lust, das mich flehen lassen würde.

„Wenn du nicht von deinem Sehsinn abgelenkt wirst, kannst du dich mehr darauf konzentrieren, was dein Körper spürt. Manche Leute tragen sogar Ohrstöpsel, um sich zweier Sinne zu berauben und ihre Konzentration mehr zu fokussieren."

„Außerdem sind viele Frauen ungehemmter, wenn sie entweder eine Augenbinde tragen oder es im Dunkeln tun. Ich liebe es, meine Partner anzusehen, also ist eine Augenbinde ein netter Kompromiss." Er zuckt die Achseln und reicht mir einen Becher mit Sangria.

Ich trinke dankbar davon, während ich darüber nachdenke, was er mir gesagt hat. „Ich denke, ich wäre vielleicht weniger schüchtern, wenn ich mich nicht sehen kann", gebe ich langsam zu.

„Ich habe eine hier, wenn du es ausprobieren willst."

Ich erstarre mit den Lippen auf dem Rand des Bechers bei seiner Aussage. Er hält ein Stück gepolsterte Seide mit einer Aussparung für meine Nase und schwarzem Band an jeder Seite hoch. *Was, hat er das nur für den Fall mitgebracht? Was hat er sonst noch in diesem Rucksack?*

Meine Wangen werden warm, als ich die Augenbinde betrachte, dann lache ich unbehaglich. „Frag mich später nochmal."

Er zwinkert. „Okay."

Am Ende kuscheln wir auf dem Futon, an die Wand gelehnt, während wir uns die Thermoskanne mit dem Sangria teilen und die Schokoladenbrownies Stück für Stück verschlingen. Er riecht wie nach Bay Rum Eau de Cologne, und seine Umarmung ist gleichzeitig beruhigend und verführerisch.

Er erzählt mir davon, wie er als Teenager das Nordamerikanische Luft- und Weltraum-Verteidigungskommando gehackt hat, von dem großen Barbecue, das er und die Jungs als erste Mahlzeit auf der Insel hatten und darüber, keine Familie zu haben.

„Ich hätte liebend gern Haustiere", gibt er zu, während er mich in einem Arm hält. Ich bin durch den Wein locker und entspannt, gerade genug, um es zu genießen, ohne mich außer Kontrolle zu fühlen, und ich nicke träge, dass er fortfährt.

Er grinst etwas. „Aber man muss vorsichtig sein, welche Art von

Tieren man versucht, hier draußen zu halten. Etwas könnte kommen und versuchen es zu fressen. Schlangen, sowas."

„Vielleicht ein oder zwei große Hunde? Die sind immer gute Gesellschaft, und sie könnten helfen, den Ort zu beschützen." Ich fahre schüchtern mit einer Hand über seinen Arm und spüre, wie er daraufhin leicht erschaudert. Seine Reaktion macht mich etwas mutiger, ich lächle und tätschle ihm den Rücken sanft.

Die Unterhaltung läuft langsam aus, während ich mich entspanne, und wir halten einander einfach, wobei Daniel mir das Haar streichelt. Seine langen, schlanken Finger gleiten durch meine roten Locken, was mich schläfrig und erregt macht, und meine Halsmuskulatur entspannt sich, bis mein Kopf in seiner Handfläche landet.

Ich frage mich, wie weit er gehen will. Ich bin angemacht, und ich vertraue ihm... aber ich bin nicht sicher, ob ich schon für Sex bereit bin. Das mag vielleicht lächerlich sein, aber ich gewöhne mich immer noch daran, sexuell berührt zu werden, und ich möchte es einfach nicht überstürzen—egal, wie aufdringlich meine ausgehungerte Muschi sein mag.

Ich bin auch nicht sicher, ob ich es mit ihm tun wollen würde, wenn er versuchen würde, mich zu drängen. Aber er ist überhaupt nicht so, und als er sich zu mir lehnt, kribbeln meine Lippen vor Eifer.

Als er mich küsst, ist es sanfter und weniger neckend als bei Sebastian, und es gibt keinen kratzenden Bart. Seien Lippen liebkosen meine, schmiegen sich an und bewegen sich, während seine Hand meinen Kiefer berührt und mich die andere an sich zieht. Ich mache ein kleines zufriedenes Geräusch und drehe mich zu ihm, den Kuss vertiefend.

Er zieht mich halb auf seinen Schoß, ich kann die Wölbung seiner Erektion spüren, die den Stoff seiner Hose dehnt, als sie über meinen Oberschenkel reibt. Meine Brüste pressen sich angenehm auf seine breite, nackte Brust, die dünne Seide zwischen uns lässt meine Brustwarzen kribbeln. Ich fühle, wie seine Hände über meinen Rücken gleiten und entspanne mich weiter.

„Ich bin froh, dass du dich dazu entschieden hast zu bleiben", murmelt er. Seine Stimme ist zärtlich in meinem Ohr, als wir zusammen die Wand herunter auf den Futon gleiten.

„Ich auch", erwidere ich atemlos. Er drückt sich eng an mich, küsst meinen Hals und ich lasse meinen Kopf auf das Kissen zurückfallen, da es mir nicht länger wichtig ist, ob wir es am Ende tun. Er befriedigt mich langsam und zärtlich und ignoriert seine große, pulsierende Erektion, um langsam meinen Körper zu erkunden.

„Hast du je zuvor so etwas getan?", fragt er, während er mich auf den Rücken dreht. Ich schüttle den Kopf und seine Augen strahlen. „Kaum berührt oder nicht richtig berührt?"

„Ein bisschen von beidem." Manche Männer haben mich ohne Erlaubnis berührt, und Gott, habe ich ihnen dafür die Hölle heißgemacht. Aber momentan kann ich nur daran denken, wie ich Daniel die Hölle heißmachen würde, wenn er aufhören würde, mich zu berühren. „Lass uns einfach sagen, dass ich sehr wählerisch bin und es dabei belassen."

Es war nicht nötig, zu erwähnen, dass die Selbstsicherheit in dieser Aussage gespielt ist. Ich bin wählerisch, genau wie mein Sexualtrieb. Es ist nicht nötig, die andere Seite zu erwähnen: die Einsamkeit, der Frust, das unglaublich beschissene Glück—das liegt alles hinter mir.

Daniel ist direkt hier in meinen Armen, und Zeit damit zu verbringen, an meine sexlose Vergangenheit zu denken, verschwendet nur gute Kuss-Zeit. Also suche ich seinen Mund mit meinem, anstatt es zu erläutern, und zwinge mich dazu, etwas mutiger zu sein.

Er summt vor überraschtem Vergnügen und erregt mich noch mehr. Ich versuche es erneut, und diesmal ist es einfacher; er zieht mich näher und drückt seine Zunge in meinen Mund. Sein Mund hat einen warmen, leicht kupferartigen Geschmack durch den Wein und die Schokolade.

Seine schlanken, langfingrigen Hände gleiten über die Seide auf meinem Körper, kneten meinen Hintern, meine Hüften, meinen Rücken und Bauch. Endlich fahren seine Hände über meine Brüste, ich wölbe den Rücken und drücke sie eifrig hinein. „Mehr", flüstere ich auf seine Lippen.

Er dreht mich auf den Rücken und bückt sich über mich, wobei er sein Gewicht auf seine Knie nimmt, während er mit seinen Händen beinahe begehrlich über meine Brüste fährt. Sie werden unter seiner Berührung lebendig, kaum genutzte Nerven wachen beinahe schmerzhaft durch die ungewohnte Lust und das Verlangen auf. Jedes Mal, wenn seine Finger durch die Seide über meinen Körper gleiten, fühle ich sowohl die Freude seiner Berührung und ein bodenloses Verlangen nach mehr.

Aber als er beginnt, die Bänder an der Vorderseite meines Nachthemdes zu öffnen, versteife ich mich leicht und zögere. Er hebt den Kopf. „Alles gut?"

„Es ist nur..." Normalerweise bin ich stolz auf meinen Körper. Ich habe zehn Jahre lang hart trainiert, nur um so gut auszusehen und mich gut zu fühlen, und ich bin mit großen, weichen Brüsten gesegnet, die ich gerne zeigen sollte. Aber plötzlich verstehe ich, dass dies das erste Mal in meinem Erwachsenenleben ist, dass ich meinen Körper einem Mann zeige.

Ich erinnere mich daran, was er von der Augenbinde gesagt hat und wie sie manchen Frauen hilft, sich zu entspannen. „Vielleicht sollten wir jetzt die Augenbinde ausprobieren."

Sein Lächeln wird wieder zärtlich. „Ein wenig schüchtern?"

Meine Wangen prickeln. „Ja", flüstere ich.

Er küsst mich, während er die schwarze Seidenmaske hervorholt. „Du bist hinreißend. Hier, lass sie mich dir aufziehen."

Ich halte meine Haare aus dem Weg. Als der schwarze Stoff meine Augen bedeckt und angenehm über meine Lider fährt, empfinde ich ein plötzliches Gefühl des umschlossen seins, als wäre ich in Dunkelheit eingesponnen. Ich entspanne mich, das Gefühl der Entblößung schwindet in der Dunkelheit, gemeinsam mit meiner Nervosität. „Das ist besser", murmle ich ein wenig überrascht.

„Es bedeutet allerdings, dass ich deine schönen Augen nicht sehen kann. Aber es ist sehr schmeichelnd, dass du mir so früh vertraust, die Kontrolle über einen deiner Sinne zu haben. Wenn es unangenehm wird, sag mir ‚rot'. Wenn du es nicht tust, bleibt es drauf, bis ich es wegnehme. Hast du verstanden?"

Ich nicke und mein Herz wird bei dem plötzlichen Befehlston in seiner sanften Stimme schneller.

Er öffnet die Bänder meines Nachthemdes und teilt es langsam wie ein Geschenk, wobei er scharf einatmet, als er auf mich hinabblickt. „Gott, du bist wunderschön", haucht er ehrfürchtig—und dann beginnt er, mich mit Küssen zu bedecken.

Er beginnt bei meinem Mund und wandert über meinen Kiefer, Hals und Kehle. Er küsst sich nach unten zwischen meinen Brüsten und ich wimmere, den plötzlichen Drang bekämpfend, eine meiner schmerzenden, kribbelnden Brustwarzen zu seinem Mund mit dünnen Lippen zu schieben. „Bitte, mehr", flüstere ich, als seine Lippen über die Haut meiner Brust streifen und jeden Teil küssen außer meiner Brustwarze.

Er neckt mich weiter und ich beiße mir auf die Lippe, sodass meine gedämpften Geräusche der Lust lauter werden, als er einen Arm um meinen Rücken legt und mich enger an seinen Mund presst. Seine Zunge umfährt vorsichtig die Haut um meinen Nippel und sein warmer Atem lässt mich mehr davon verlangen. Ich stoße ein tiefes, schluchzendes Stöhnen aus—und plötzlich umschließt er mit seinem Mund meine Brustwarze und belohnt meine Geduld mit einem langen, süßen Ziehen seiner Lippen.

„Aah!" Das Gefühl ist so intensiv, dass es beinahe schmerzt. Ich wölbe den Rücken und vergrabe die Hände in seinem Haar, während ich mich unter ihm winde. Es ist alles was ich tun kann, um mich nicht von ihm zu drücken—es ist zu viel—aber er hält mich fest und fährt mit seiner Zunge über meine Brustwarze, bis sich mein Kopf dreht.

Mit seinem Mund auf meinen Brüsten, den Händen an meinem Hintern, wo sie mich hochdrücken, sodass er sich an mir ergötzen kann, sein großer Körper an mich gedrückt, während seine Erektion und sein Herz an meinem zitternden Körper pulsieren... innerhalb von Minuten treibt er mich in ein Fieber, wie ich es noch nie erlebt habe.

Ich fühle mich betrunken: meine Haut ist heiß, mein Schritt pulsiert, meine Brustwarzen und mein Hintern strahlen vor Lust. Ich winde mich unter ihm, ich brauche mehr, weiß aber nicht was. Instinktiv hebe ich meine Hüften—und er presst die Handfläche auf den oberen Teil meines Schrittes und übt Druck darauf aus.

Ich schnappe laut nach Luft und bewege meine Hüften an seiner Hand, begierig nach mehr dieser neuen Empfindung. Er massiert mich weiter mit seiner Handfläche, während er nippt, leckt, saugt und hinterlässt eine Spur kleiner Merkmale der Lust von meinem Hals bis zu meiner Taille. Je mehr er es tut, desto weniger kann ich denken—und desto weniger kann ich etwas tun, außer zu stöhnen und zu zittern—und nach mehr zu flehen.

Ich beginne, eine Spannung in meinem Bauch zu fühlen, die an meinem ganzen Körper zieht. Mein Magen zieht sich zusammen, dann meine Oberschenkel, meine Hände ballen sich auf dem Laken zu Fäusten, als sich meine Hüften hebe und an seine Hand drücken. Ich schreie mit jeder seiner Bewegungen und spüre meinen ganzen Körper vor Lust schimmern, als ich auf ein ungewisses Ende zusteuere.

Und dann weicht er schockierend zurück... verlangsamt seine Bewegungen, seine Küsse und lässt mich in Ekstase und Erwartung zitternd zurück—an der Schwelle. Ich starre das Innere der Augenbinde an, ein Flehen bleibt mir im Hals stecken, als er mich streichelt und neckt. „Noch nicht", murmelt er und ich spüre Tränen in den Augen.

Ich habe noch nie in meinem Leben etwas so Gutes gefühlt... und trotzdem ist ein Teil von mir so frustriert, dass ich ihn anschreien will, er solle weitermachen. Der Drang, zu rebellieren, meine Bewegungen an seiner Hand schneller zu machen, seinen Kopf zu greifen und ihn auf meine Brust zu ziehen, durchfährt mich. Ich lasse ihn los. „Daniel", schaffe ich es zu seufzen.

„Warte, Süße", summt er sanft. „Noch nicht. Sei stark für mich."

„Ich will es so sehr", wimmere ich wie eine verhungernde Frau, die um ein Steak bettelt. Er lacht tief in seinem Hals und neckt mich nur weiter, wobei seine Berührungen zärtlich und weich wie eine Feder werden.

Meine Fotze ist so eng und geschwollen, dass jeder Herzschlag kleine elektrische Schläge aussendet. Er reibt vorsichtig, küsst träge meine Brüste und zieht die in meinem Bauch brennende Ekstase hinaus. Ich winde mich unter ihm, zitternd, und meine Hüften bewegen sich reflexartig mit jeder Berührung seiner Hand.

Ich keuche, die Haut feucht vor Schweiß, die Nägel in seinen Schultern vergraben, als er mich ärgert, bis ich wieder zu zittern beginne. Jedes Mal, wenn meine Atmung schneller wird, weicht er zurück und liebkost mich sanfter. Ich bleibe weiterhin verzweifelt erregt, gleichzeitig hoch vor Lust und schmerzend mit dem Verlangen nach Befriedigung.

Endlich wird es so intensiv, dass mein Kopf zu pochen beginnt. Ich fühle mich so bereit, dass die kleinste Berührung genug zu sein scheint, um mich zu erlösen. Ich strecke mich nach oben zu seiner Hand, vor Verlangen schluchzend.

„Bist du bereit, Baby?", schnurrt er in mein Ohr.

„Bitte", flüstere ich verzweifelt.

Ich höre wieder dieses sexy Lachen und spüre, wie er zwischen meinen Beinen kniet. Zwei lange, schlanke Finger gleiten in mich hinein, bewegen sich langsam und zärtlich. Ich ziehe mich um sie herum zusammen und stöhne durch meine Zähne, als ich spüre, wie ich dieser unbekannten Schwelle näherkomme.

„Dann sag ja für mich", murmelt er. „Und sag es weiter."

„Ja", keuche ich, und seine Bewegungen werden wieder fester. Meine Zehen krümmen sich. „Ja."

Seine Bewegungen werden mit jedem gemurmelten Wort etwas schneller. Ich winde mich unter ihm, mein Herzschlag in meinen Ohren. „Genau so, Baby. Mehr?"

„Ja!" Meine Stimme ist vor Verlangen heiser geworden. „Ja, ja!"

Er reibt härter, schneller, lässt mich meine Hüften instinktiv rollen, als ich die Spannung in mir mehr und mehr fühle. Die Sprache liegt außerhalb meiner Kontrolle, aber ich höre, wie ich immer und immer wieder schreie: *ja... ja... ja...*

Ich drücke mich auf meine Fersen, als die Lust in mir explodiert und sich von meiner Muschi aus ausbreitet. Ich schreie vor Freude und wiederhole dasselbe Wort immer wieder, während die Ekstase jedes Wort wegwäscht. Ich will, dass es ewig anhält... aber meine Energie lässt nach und ich breche auf dem Futon zusammen, schlaff vor Befriedigung.

Oh mein Gott. Ich... ich... Ich kann nicht mal richtig denken. Ich liege nur da, erschöpft und schläfrig, mit kribbelnden Gliedmaßen. Daniel nimmt die Augenbinde weg und ich starre zu ihm hinauf, keuchend, zitternd, kleine Nachbeben durchfahren mich, was meine Beine zittern lässt.

Er lächelt zu mir hinab. Er keucht, mit hellen Augen, seine nackte Brust glänzt vor Schweiß, seine Jeansshorts sind zur Hälfte aufgeknöpft, um seiner Erektion etwas Platz zu geben. „Alles gut?", murmelt er.

Ich lehne mich schwach nach oben und küsse ihn zur Antwort, lang und süß. „Ja", flüstere ich atemlos. „Danke. Aber was ist mir dir?"

Er sieht auf seine Erektion. „Mir geht's gut. Ich kann mich darum kümmern. Kein Druck."

„Kann ich... mich darum kümmern?" Ich habe so etwas noch nie zuvor berührt. Bis jetzt habe ich es auch noch nie gewollt. Aber die reine Tatsache, dass er seine eigenen Bedürfnisse beiseitegeschoben hat, um mich zu befriedigen, macht mich mutig.

Er blinzelt, das Strahlen kommt wieder in seine Augen zurück. „Wenn du wirklich willst, ich zeige dir, was du tun musst."

„Zeig mir, was ich tun muss", beharre ich sanft, strecke die Hand aus und öffne seine Shorts. Er hält mich nicht auf und stöhnt stattdessen erleichtert, als ich den letzten Knopf öffne.

„Wenn du ihn rausholen und damit spielen willst, Liebes, dann tu das. Ich liebe deine sanfte Berührung."

Ich bin mit Blinzeln dran, verblüfft. Ich bin sicher, dass ich Kratzer auf ihm hinterlassen habe. *Sanfte Berührung? Woran um alles in der Welt ist er gewöhnt?*

Ich ziehe an dem Jeansstoff und greife hinein. Darunter entdecken meine Finger etwas Unbekanntes—seine dicke, pulsierende, seidige Erektion, gefangen hinter dem Stoff. Ich hole sie so vorsichtig wie möglich heraus und er keucht vor Lust.

„Baby", schnurrt er, als ich beginne, ihn mit neugierigen Fingern zu erkunden. „Du m-musst dich nicht um mich kümmern, wenn du es nicht willst."

Ich sehe ihn an und bemerke flüchtige Sorge in seinen Augen. Er kümmert sich um mich, er will nicht, dass ich mich zu etwas verpflichtet fühle. Aber er hat mich bereits zum Schreien gebracht. Jetzt frage ich mich, mit einem leichten Echo der Hitze zwischen meinen Beinen, welche Geräusche er macht, wenn er den Höhepunkt erreicht.

„Ich will", antworte ich mit der gleichen sanften, erschöpften Stimme, und mache weiter. Die Haut ist so weich und gespannt, die Länge dick und leicht gebogen, und die Spitze ist breit. Jedes Mal, wenn ich mit dem Finger darüber fahre, wölbt er den Rücken.

Er setzt sich zurück auf die Fersen an die Wand, die Lippen zu einem ‚O' geformt und keucht, während sich seine Augen schließen. „Es ist okay", bringt er heraus, als ich beginne, ihn zu streicheln. „Du musst nicht so sanft sein."

„Bist du sicher?" Meine eigenen Teile sind so empfindlich, dass er mich zum Höhepunkt gebracht hat, ohne mich direkt dort zu berühren. Aber als ich meine Hand fester zudrücke, stöhnt er auf und nickt beinahe heftig.

Ich beginne, mit der Hand darüber zu fahren und konzentriere mich auf die Spitze, während ich mit der anderen Hand weiter von oben nach unten gehe. Sein Kopf fällt zurück an die Wand und seine Brust hebt sich, die Augen geschlossen. „Mm. Nicht schlecht für ein erstes Mal. Etwas schneller?"

Ich lerne es schnell. Anders als mein eigener Körper scheinen seine sexuellen Bedürfnisse sehr direkt zu sein. Seine Erektion zuckt mit jeder Berührung, so lange ich fest bleibe und hin und wieder schneller werde, erschaudert und keucht er innerhalb von Minuten. Bei seinen Geräuschen spüre ich ein tiefes Brennen der Erregung in mir, aber ich bin zu müde und zufrieden, um mich davon ablenken zu lassen.

„Ich mag es nicht, wenn mit meinen Hoden gespielt wird. Manche Kerle mögen das." Ich komme ihnen nicht nahe, da ich gezögert habe, aufgrund meines Unwissens, wie empfindlich sie sind. Ich bemerke, dass sie jetzt weit hochgezogen sind, und eine milchige Flüssigkeit hat sich an seiner Spitze gesammelt. „Jetzt fester."

Ich mache meinen Griff fester und bearbeite ihn, während wir uns direkt gegenüber sind, wobei ich sein Gesicht beobachte, als er an den gleichen Ort kommt wie den, zu dem mich seine Hände und sein Mund zuvor gebracht haben. Er bewegt den Kopf, die Augen sind zugekniffen und er hat einen beinahe schmerzerfüllten Ausdruck im Gesicht. Dann öffnet sich sein Mund, dem ein scharfes Stöhnen entweicht. Das Geräusch erfüllt mich mit Lust.

Ich halte den Rhythmus aufrecht, als er reflexartig seine Hüften zu bewegen beginnt und dieses kleine Schreien ausstößt, wenn ich mit den Händen nach unten fahre. *Oh*, beinahe das Wort, aber mehr kehlig und tierisch. Ich lecke meine Fingerspitzen und liebkose die Spitze seiner Erektion, sein Schreien kommt schneller, verzweifelter.

Plötzlich wird er starr, sein letzter Schrei verwandelt sich in ein Stöhnen, während er zuckt. Dicke, weiße Flüssigkeit, heiß und seidig, landet auf meinen Brüsten und meinem Bauch. Ich ignoriere es, einzig auf seine Ekstase konzentriert, als ich die letzten Tropfen heraushole.

Endlich bricht er zusammen, wie ich es getan habe. Ich muss mein Handtuch nehmen, um mich abzuwischen, werfe es aber zur Seite, um mich in seine Arme zu legen. Ich lege meinen Kopf auf seine Brust und lausche, wie sein Herzschlag langsam wieder normal wird, und er beginnt, mir wieder durch das Haar zu fahren.

„Gutes Mädchen", schnurrt er. „Du lernst so schnell. Ich muss daran denken, dich später noch mehr dafür zu belohnen."

Als er sich erholt hat und sein Versprechen eingelöst hat, lässt er mich total erschöpft zurück, gar nicht in der Lage unter die Decke zu krabbeln. Während ich einschlafe, zufriedener denn je, spüre ich, wie er die Decke über mich legt und aufsteht, dann schließt er das Moskitonetz hinter sich.

KAPITEL 11

ALANNA

A m nächsten Morgen wecken mich die Schreie eines Papageis und als ich die Augen öffne, sehe ich die ersten Sonnenstrahlen des Tages. Mein Körper ist so entspannt, dass es eine ganze Zeit dauert, bevor ich merke, dass ich nackt bin. Dann drehe ich mich auf die Seite und entdecke die rosa Seide neben mir auf dem Futon.

Und dann erinnere ich mich wieder.

„Oh, mein Gott" sage ich leise vor mich hin und ein kurzes Lachen steigt in mir hoch. Ich bin noch immer Jungfrau, jedoch... nur ganz knapp. Daniel hat mich letzte Nacht ziemlich nah ans Ziel geführt, und er...

Verdammt, ich habe mir die Seele aus dem Leib geschrien. Ich frage mich, ob die anderen etwas gehört haben. Mir steigt die Schamesröte ins Gesicht.

Ich blicke an mir herunter, an der glatten Haut, die gestern Nacht mit einem feuchten Handtuch von Samen und Schweiß befreit werden musste. Ich erinnere mich an seinen Mund auf dieser Haut und an die flammende Erregung, die in mir aufgestiegen ist und die er solange aufrechterhalten hat, bis ich schließlich eine wahre Gefühlsexplosion erlebt habe. Wäre ich nicht schon von Daniel ganz hingerissen, so wäre ich es spätestens nach dieser Wahnsinns-Erfahrung.

Die Augenbinde hat tatsächlich geholfen. Jetzt liegt sie ordentlich zusammengefaltet auf dem Kissen neben mir; zusammen mit einer Flasche Wasser und einem von Daniels umwerfenden Brownies. Ich schnappe mir beides gierig. Das letzte Mal habe ich so gute Brownies in Miami gegessen - für zehn Mäuse das Stück.

Ich sollte aufstehen, duschen und nach Jake sehen. Aber ich will mich nicht bewegen. Doch wenn ich jetzt aufstehe, kann ich der extremen Hitze des Tages noch für einige Stunden entgehen. Ich setze mich auf, die unbekannten... Bewegungen... von letzter Nacht, lassen mich Muskeln und Gelenke spüren.

Jetzt weiß ich also, wie sich ein Orgasmus anfühlt... zumindest ungefähr. Ich kann mich an die Erregung davor und die angenehme Trägheit danach erinnern, doch an die eigentliche Empfindung kann ich mich nicht erinnern. Doch der Versuch mich daran zu erinnern, macht mich wirklich an. Die Empfindung war einfach zu stark, als das mein Verstand sie akkurat nachbilden könnte.

Ich will mehr. Tatsächlich kann ich es kaum erwarten zu erfahren, was diese Männer noch mit mir vorhaben.

Das warme Wasser der Dusche fühlt sich gut auf meiner Haut an. Die Tropfen härten meine Nippel und verursachen ein Kribbeln in mir. Ich denke an Daniel – und das bringt mich zum Lächeln.

Es führt sicher zu Komplikationen, wenn ich mich zu sehr auf einen Mann konzentriere. Auch für wenige Wochen kann ich mit so einem Drama nicht umgehen. Sex und Beziehungen sind für mich etwas Neues. Ich werde es nicht hinnehmen, dass man über mich streitet, wie über ein Stück Fleisch.

Nicht, dass diese Jungs so grob und gemein wären. Das glaube ich nicht. Aber... der Punkt ist, dass ich meinen Fokus auf einen der anderen lenken muss bevor ich mich zu sehr auf einen fixiere.

Ich werde Jake ohnehin sehen, das dürfte also kein Problem sein.

Ich mache ihm ein herzhaftes, proteinreiches Frühstück mit Steak und Eiern und bringe es zu seinem Cottage. Als ich eintrete, liest Jake gerade *Jonathan Livingston Seagull* und im Hintergrund läuft

Musik von den Rolling Stones. „Hey!", begrüße ich ihn und er schaut mich lächelnd an.

„Hey, da ist ja meine Lieblings-Schwester – und du hast Essen dabei! Großartig." Er streckt seine Hand nach dem Tablett aus und lachend reiche ich es ihm.

Ich habe noch nie jemanden gesehen, der sich so schnell erholt hat, wie Jake. Eigentlich hätten die Antibiotika ihm den Appetit verderben sollen, stattdessen verschlingt er das Steak in einem Tempo, als könnte er noch drei weitere verdrücken.

„Hast du gut geschlafen?", fragt er zwischen den Bissen. Ich sitze neben seinem Bett auf einem Stuhl und lasse ihn essen, bevor ich mich um sein verletztes Bein kümmere – nichts verdirbt einem den Appetit schneller, als eine offene Wunde.

„Ja, leider nur zur falschen Zeit; so gegen Sonnenaufgang. Aber das ist schon okay. Ich schätze, hier gibt es ohnehin keine feste Zeit zum Aufstehen." Lachend schüttelt er den Kopf und ich lächle zurück. „Das habe ich mir gedacht."

„Nee, wir haben verpflichtende Zeiten zum Aufstehen hinter uns gelassen, als wir das beschissene Riker's Island hinter uns gelassen haben." Seine umwerfenden Augen werden für einen Augenblick ganz düster. „Wie viel haben die Jungs dir erzählt?"

„Über die Gefängnis-Sache nicht viel. Ich meine, ich weiß davon. Sie haben Nichts verheimlicht, sie sind aber auch nicht ins Detail gegangen. Ich war zu beschäftigt, um zu fragen." Zu beschäftigt, zu erschöpft... und gestern Nacht bin ich nicht auf die Idee gekommen, Daniel zu fragen. Da gingen mir andere Dinge durch den Kopf.

„Nun, es gibt auch nicht viel zu erzählen. Ich habe den Typen gekillt, der meine Frau bei einem Überfall ermordet hat. Daniel hat sich in Stellen gehackt, in der er sich nicht hätte hacken sollen, wurde erwischt und hat in Notwehr einen Typen umgelegt. Sebastian hatte eine Affäre mit der Frau eines reichen Typen, hat sein Geld geklaut, wurde reingelegt und für einen Mord verurteilt, den er nicht begangen hat."

Er schaut mich an, während ich das alles sacken lasse. Sie sind nicht so unschuldig, wie mein Vater... und doch sind sie keineswegs

Monster. Ich frage mich erneut, was Rosa von ihnen halten würde;
Ich bin mittlerweile schon zu befangen.

Ich atme tief durch und erzähle ihm die Wahrheit. „Mein Dad
wurde verhaftet, als wir die Frau eines korrupten Cops beschützt
haben, nachdem er sie im Suff verprügelt hat. Er wollte uns bestrafen
und der beste Weg lag darin, uns Dad wegzunehmen. Also hat er ihn
verleumdet und ihm die Prügel angehängt.

Wenn ihr euch also fragt, ob ich es verstehen kann, dass euer
Leben in Gefahr ist und ihr nicht zurück in die Staaten könnt weil ihr
das Gesetzt gebrochen habt, dann ja, das kann ich. Und wenn ihr
euch fragt, ob ich schlecht über euch denke, weil ihr verurteilte Straf-
täter seid, dann nein, das tue ich nicht. Ich habe erlebt, wie ungerecht
unser Rechtssystem sein kann und solange das alles in der Vergangenheit liegt, ist mir egal, dass ihr gesessen habt oder dass ihr
entflohen seid.“

Das ist... vielleicht... etwas übertrieben. Ich schwärme für die
Jungs und es ist ein riesiger Vertrauensvorschuss bei ihnen zu
bleiben und ihre Geliebte zu werden. Doch diesen Sprung mache ich
bewusst und Jake tut das nun auch.

Lächelnd schüttelt er den Kopf und nimmt einen großen Bissen
seines Steaks. „Du bist unglaublich“ sagt er in einem verwunderten
Ton in dem so viel Wärme mitschwingt. „Und das mit deinem Dad
tut mir leid.“

„Tja, die Leute, die mir diese Entschuldigung schulden, werden
es nie sagen und sie werden wohl nie zur Verantwortung gezogen. Ich
würde ihnen gerne einen feuerspuckenden Anwalt auf den Hals
hetzen, aber bei dem Gehalt einer Krankenschwester wird das wohl
nichts.“

Mit einem nachdenklichen Blick isst er seine Eier. „Und was
wäre, wenn du das Geld hättest?“

Ich schaue ihn ernst an. „Oh Mann. Dann wäre ich hin- und
hergerissen ob ich den legalen Weg wählen oder direkt zur Presse
gehen würde. Dieser korrupte Bulle muss bezahlen.“ Im Moment
kann ich mich nicht einmal an seinen Namen erinnern. Es ist, als

wäre mein Hass auf ihn so groß, dass mein Verstand sich weigert, auch nur eine klare Erinnerung an ihn zu speichern.

„Ja, das kann ich verstehen. Wir sollen glauben, dass nur die Besten im Vollzugsdienst arbeiten. Doch das ist Schwachsinn – man findet die miesen Typen in jedem Bereich und Cops haben zu viel Macht und müssen zu wenig Rechenschaft ablegen."

Während er sein Frühstück beendet, denke ich über seine Worte nach. Das sind nicht die Worte eines verbitterten Sträflings; das sind die Worte eines Mannes, der, wie mein Vater, unter schlimmster Ungerechtigkeit leiden musste. Er hat vielleicht einen Mann getötet, doch warum hat die Polizei ihre Arbeit nicht erledigt und den Mann – den Mörder einer unschuldigen Frau – verhaftet?

„Vielleicht sollten wir das Thema wechseln" sage ich leise, nehme das Tablett und gebe ihm ein frisches Sportgetränk. „Ich glaube nicht, dass es uns glücklich macht, wenn wir uns zu lange damit aufhalten."

Er lacht, öffnet die Flasche und nimmt einen großen Schluck. „Stimmt. Also, willst du dir das Bein ansehen?"

„Ja und dann ist es Zeit für die Tabletten." Er stöhnt auf und ich lache. „Tut mir leid."

Seine Wunde heilt schnell – schneller als ich nach dem ersten Anblick gedacht hätte. Ich habe keinen Zweifel, dass es ein Fall von MRSA war, zumindest nah dran. Gott sei Dank haben Antibiotika und Silberwundauflage angeschlagen.

„Sieht so aus, als klingt die Infektion ab. Die Nekrose ist verschwunden, das tote Gewebe löst sich und das Wundbett hat eine normale, pinke Farbe. Ich kann die Wunde nur verbinden und nicht nähen, solange sie im Inneren noch nicht verheilt ist."

Eilig entferne ich den alten Verband, reinige die Wunde und lege eine neue Silberwundauflage auf. „Wie stark ist der Schmerz?"

„Im Vergleich dazu, bevor du aufgetaucht bist, kaum spürbar. Aber ich denke, es ist immer noch besser, es nicht zu belasten." Er wackelt mit den Zehen und dreht seinen Fuß versuchsweise.

„Ja, da hast du wohl Recht. Wenn du aufstehst, wirst du die ersten

Wochen die Krücke nehmen müssen. Tut mir leid." Nachdem ich die Wunde versorgt habe, fülle ich seine Flasche mit Wasser auf.

„Hat sich so angehört, als hattest du letzte Nacht Spaß", bemerkt er ganz nebenbei und ich verschütte das Wasser.

„Uhm. Ja", bringe ich hervor und spüre, wie ich rot werde.

Ich sehe ihn an und er schaut mich mit einem breiten Grinsen an. „Ich wäre ja eifersüchtig, aber Daniel hat sich bereit erklärt dich... mit einigen Sachen vertraut zu machen. Ich hätte diese Geduld nicht. Ich würde wohl verrückt werden, wenn ich dich küssen, aber nicht vögeln könnte."

Ich bin immer noch rot, doch die Verzweiflung in seiner Stimme bringt mich zum Lächeln. Ich erblicke das Zelt in seiner Hose, das noch größer und kräftiger aussieht, als Daniels. Nicht *gerade ein Schwanz für Anfänger*.

Ich lache laut auf und werde noch beschämter. Jake dreht seinen Kopf neugierig. „Was ist los?"

„Oh, ich frage mich nur, wie ich deine momentane Situation wohl ausnutzen könnte. Du, hilflos ans Bett gefesselt", antworte ich mit so viel Verwegenheit, wie ich aufbringen kann.

Er schaut mich mit großen Augen an. „Nun dann", sagt er mit einem breiten Grinsen, „tu' dein Schlimmstes."

KAPITEL 12

ALANNA

„Weißt du, bei dir war ich bereit, mich solange zurückzuhalten, bis ich wieder auf den Beinen bin", erklärt Jake, während er mich ansieht. Sein Blick wirkt amüsiert. „Wäre ganz schön schwer, mit einem lädierten Bein all das zu tun, was ich mit dir tun will."

„Ist schon gut. Es macht mir nichts aus, den Großteil der Arbeit zu übernehmen." Meine Flirtversuche klingen in meinen Ohren irgendwie ungeschickt, doch er zieht seine Augenbrauen hoch und grinst mich an.

„Wow. Nun ich werde mich sicher nicht beschweren." Doch dann sieht er mich fragend an. „Bist du dir sicher, dass du rummachen willst? Du kannst einen Rückzieher machen, falls du nervös bist."

„Das ist ja die Sache, Jake", sage ich leise, während ich mich ihm nähere und versuche, die Schmetterlinge in meinem Bauch zu ignorieren. Ich schnappe mir ein Kondom aus dem Medizinschrank und sehe dabei, wie seine Erektion gegen seine olivgrünen Shorts drückt. „Ich werde so oder so nervös sein. Also können wir genauso gut etwas Spaß haben."

Heilige Scheiße, warum tue ich das? Ich habe keine Ahnung, wie lange ich noch so tun kann, als hätte ich Selbstvertrauen. Ich ziehe meine

Sandalen aus, beuge mich über ihn und versuche meine zitternden Knie zu ignorieren.

Seine strahlenden, wilden Augen leuchten auf, als ich die Bettdecke wegziehe. Seine Bauchmuskeln zucken dabei vor lauter Vorfreude. Sein muskulöser Körper wird von einem tiefen Schauer ergriffen und als ich meine Hände über seine breite Brust gleiten lasse, atmet er tief ein. „Da kann ich nicht widersprechen", haucht er und fährt mit seinen Händen an meinen Armen entlang, hinauf zu meinem Hals.

Sein Kuss ist weniger fordernd als Sebastians und sanfter als Daniels. Beinahe so, als sei er besorgt, mich zu zerbrechen. Ich erwidere dem Kuss stürmisch und ermuntere ihn. Er hält mich noch fester und vertieft den Kuss. Er schmeckt nach Steak, Gewürzen und Minze.

Er streift mein Haargummi ab, ich schüttle mein Haar aus und setze mich auf seinen Schoß. Er setzt sich etwas auf und fährt mir mit den Händen durchs Haar. Dann drückt er meinen Kopf sanft nach hinten und küsst meinen Hals.

Das Gefühl seiner Bartstoppeln, sein männlicher Duft, diese starken Finger eines Handwerkers, die mich so sanft berühren, das sanfte Knurren seiner Stimme in meinem Ohr... dieses Zusammenspiel sorgt dafür, dass meine Nervosität merklich schwächer wird. Entspannt und erregt drehe ich lächelnd meinen Kopf zur Seite, um seinen Lippen besseren Zugang zu gewähren.

Sein Mund markiert mich durch sanftes Beißen und Saugen und in mir vermischt sich Erregung mit ein wenig Schmerz. Stöhnend und seufzend öffne ich ungeduldig meine Bluse, um seinen Lippen noch mehr Fläche zu bieten.

Der Tag hat meinen Sport-BH bereits klamm werden lassen; er streichelt mich durch den Stoff, dann lässt er seine Hände unter das Material gleiten und streichelt meine Brüste. Anders als bei Daniels meisterhafter Geduld, fechten bei Jake wilde Leidenschaft und tiefe Zärtlichkeit einen Kampf miteinander aus.

Ich weiß nicht, warum ich ihn den anderen vorgezogen habe. Vielleicht weil er sich im Moment nicht so gut bewegen kann. Wenn ich diesen Riesenschwanz schon als erstes in mich eindringen lasse, dann will ich wenigstens die Kontrolle behalten.

Doch es ist mehr als das. Normalerweise würde der Gedanke, Sex mit einem Patienten zu haben, mich abschrecken – das wäre absolut unethisch. Doch hier und jetzt, auf dieser Insel der Gesetzlosen, denke ich immer öfter: scheiß auf die Regeln!

Jake wäre beinahe gestorben. Seine liebevolle Art mir gegenüber, die im Gegensatz zu allem steht, was ich über ihn gehört habe, lässt mich glauben, dass er von allen am meisten für mich schwärmt. Ich denke kurz an Sebastian, der meinen ersten Kuss erhalten hat, aber... er kann warten. Wir haben eine Menge Zeit.

Ungeduldig ziehe ich meinen BH aus und lege meine Brüste in seine großen Hände. Er beugt sich vor, küsst sie und fährt gierig mit seiner Zunge über die zarte Haut. Er bleibt praktisch stumm, während er mich liebkost, seine Hände massieren meine Hüften und sein Mund hinterlässt Knutschflecke auf meinen Brüsten. Zittrig halte ich ihn fest und versuche, meine eigenen Laute zu kontrollieren.

Sanft zwickt er mich in eine Brustwarze, während er an der anderen saugt. Lustvoll bewege ich mich auf seinem Schoß hin und her; das Herz schlägt mir bis zum Hals. „Nicht aufhören", stöhne ich und umarme ihn noch fester. Er schlingt seine starken Arme um mich und hält ich angenehm fest.

Gegen ihn gedrückt, spüre ich seinen Schwanz an meiner Muschi und meine Erregung steigt noch weiter an. Ich möchte ihn anspringen – doch das könnte eine schmerzhafte Erfahrung werden. Stattdessen schlinge ich meine Beine um seinen Rücken und begnüge mich damit, ausgiebig mit ihm rumzumachen.

Er legt seine Hände auf meinen Hintern und bohrt seine Finger in meine Oberschenkel. Ich zittere vor Erregung, während sein Atem sich auf meine Haut legt. Ich lasse meine Hände über seinen breiten Rücken gleiten und er lässt Zunge und Mund über meine Brüste gleiten.

Mit einer Hand greift er in meine Rocktasche, in die ich mir zahlreiche Kondome gesteckt habe und zieht eines hervor. Er gibt einen amüsierten Laut von sich und schaut mich mit hochgezogenen Augenbrauen an. „Du hast dich vorbereitet, was?"

„Naja", sage ich neckisch, „ihr Jungs habt ja genug davon. Also dachte ich, es stört euch nicht, wenn ich mich bediene. Und da ich ohnehin vorbeikommen musste, um Krankenschwester zu spielen..." Er lacht und ich schaue ihn lächelnd an.

Ich wusste nicht, was mich mehr beeindrucken sollte: die Tatsache, dass die Jungs drei große Kisten voller Kondome gelagert haben oder dass eine der Kisten bereits halbleer war. *Das ist ein gewaltiges Pensum.* Von übertriebenem Gehabe einmal abgesehen, kenne ich niemanden, der von sich behaupten würde, innerhalb ein paar Jahren über sechshundertmal flachgelegt worden zu sein.

Aber diese Typen? Ich kann es nicht glauben. Rechnet man, dass jeder von ihnen sechshundert Kondome verbraucht hat - kaputte und verlorenge-gangene Kondome eingerechnet. Dann würde ich sagen, dass sie nach dem Gefängnis einen ganz schönen Drang hatten.

Ich versuche mir vorzustellen, wie die drei über das Deck meines zurückgelassenen Kreuzfahrtschiffes umherstreifen und problemlos alle anderen Männer in den Schatten stellen. Sie hätten sich jede Frau aussuchen können... und dennoch haben sie mich gewählt. Allein der Gedanke daran, macht mich ganz schwindelig.

Jake lächelt mich schief an. „Wollen Sie mir ein Thermometer verpassen, Schwester? Oder soll ich Ihnen eins geben?"

Ich lache etwas peinlich berührt. Er küsst meinen Hals küsst und ich fahre mit den Fingern durch sein zerzaustes Haar. „Du bist unmöglich."

Seine Augen funkeln. „Du hast meine Frage nicht beantwortet, Süße."

„Nun, bei mir hat bisher noch niemand Fieber gemessen, du bist also besser vorsichtig", sage ich spöttisch und seine Augen leuchten auf.

„Ich bin immer vorsichtig."

Und das ist er; seine Berührung ist gleichzeitig fest und sanft. Er dosiert seine Kraft so, dass ich genug spüre, es aber nicht schmerzt. Die Muskeln in seinen Armen und in seinem Rücken zucken als ich mich auf seinem Schoß hin- und herbewege, doch er gibt keinen Laut von sich.

Letzte Nacht habe ich gelernt, dass es mir gefällt, einen Mann zum Stöhnen zu bringen. Doch Jake scheint sehr darum bemüht, still zu bleiben. Ich öffne den Reißverschluss seiner Shorts, er hebt die Hüften ein wenig, so kann ich Hose und Boxershorts herunterziehen.

Sein Schwanz ist genauso riesig wie seine restliche Statur, nicht ganz so dick wie Daniels, dafür länger. Als ich ihn in die Hand nehme, atmet Jake tief ein. Mit jedem Laut seinerseits traue ich mir etwas mehr zu.

Lange gibt er sich mit meinen Streicheleinheiten aber nicht zufrieden. Sanft schiebt er meine Hände zur Seite und greift sich ein Kondom. „Hier," krächzt er, „ich zeig dir, wir man es überzieht."

Die Spitze seines Schwanzes pocht wie wild, während ich das Latex langsam abrolle und an der Spitze sammeln sich bereits erste, milchige Tröpfchen. Er lehnt den Kopf nach hinten und atmet tief durch, während ich den Gummi weiter bis zum Ende abrolle.

„Mmm, gutes Mädchen." Er fasst mir zwischen die Beine und streichelt über den Stoff meines feuchten Höschens. „Und nun, werden wir das hier los."

Er sieht mich an, als ob er auf meine Erlaubnis wartet, die ich ihm durch ein Kopfnicken gebe. In meinem Bauch kribbelt es vor Erregung. „Zerreiß sie."

Er packt sich das Material, hebt es langsam an und zerreißt es in einem Ruck. Obwohl ich wusste, was passiert, schnappe ich nach Luft.

Zitternd setze ich mich auf meine Knie, er zieht mich nach vorne und positioniert sich zwischen meinen Schenkeln. Sein latex-bekleideter Schwanz reibt gegen meine Schamlippen und mit einer Hand beginnt er, meine Klit zu reiben.

Ich beuge meinen Rücken, mein Kopf rollt zur Seite und ich gebe einen sanften Laut von mir, als er ganz langsam in mich eindringt. Sein Schwanz dehnt mein Fleisch und gleitet in mich hinein; ich stöhne laut auf.

Ich fühle keinen Schmerz und es gibt kein Blut. Ich spüre nur seine Fülle, die mich vollkommen einnimmt. In kurzen Schüben schnappe ich nach Luft und schließlich stöhnt auch er laut auf, beugt sich vor und dringt so tief in mich ein, wie er kann.

„Oh Gott, Süße. Das ist so gut." Sein ganzer Körper zittert und schwer atmend, versucht er sich zu kontrollieren. Ich bin erstaunt darüber, wie viel Macht ich über ihn habe, ebenso wie es mich bei Daniel erstaunt hat, als ihn zum Höhepunkt gebracht habe.

Mittlerweile hat sich mein Körper an das Gefühl seines riesigen Schwanzes in mir gewöhnt. Durch Jakes zusätzliche Stimulation ist das Gefühl noch intensiver. Ich gebe scharfe Laute von mir und bewege mich auf ihm. Die Lust durchfährt meinen Körper von Kopf bis Fuß.

Jake beißt die Zähne zusammen und atmet schwer. Lustschreie unterdrückt er. Es ist wie eine Herausforderung. Ich will ihn zum Stöhnen bringen, doch meine eigene Lust ist so stark, dass ich mich nicht auf ihn konzentrieren kann. Ich stöhne erneut auf und vergrabe meine Fingernägel in seinen Schultern, während ich mich weiter auf und ab bewege.

Langsam entspanne ich mich und finde meinen Rhythmus, meine Hüften bewegen sich im Einklang zu seinen Fingern an meine Klit. Der sanfte Schmerz meines gespreizten Unterleibs steigert meine Erregung noch weiter und ich reite ihn härter.

Er stöhnt sanft auf und Hält meine Hüfte mit seiner freien Hand. Er passt seine Stöße meinen Bewegungen an. Ich schaue ihn an; seine Augen sind geschlossen, seine Lippen leicht geöffnet und seine langen Haare kleben verschwitzt an seinem Körper.

Ich arbeite mich an ihm ab, mein Blut kocht vor Erregung und in mir steigt ein Gefühl verzweifelter Notwendigkeit auf. Sein Kopf fällt gegen das Kopfteil des Bettes und er atmet schwer durch zusammen-gebissene Zähne. „Yeah" stöhnt er schließlich und die Verzweiflung in seiner Stimme treibt mich beinahe zum Höhepunkt.

Wir bewegen uns gemeinsam und mich erfasst eine Welle der Erregung, die mir die Sprache verschlägt. Ich bringe nur noch kurze, abgehackte Laute heraus und während mein Körper sich immer schneller und fester auf ihm bewegt, umarme ich ihn mit aller Kraft.

Ich reite ihn immer schneller und härte und plötzlich reißt er die Augen weit auf und grölt ein kräftiges „Fuck!" vor sich hin. Dann kann er nicht anders und schreit es heraus. „Fuck! Uh!"

Ich grinse – und plötzlich erreiche auch ich meinen Höhepunkt und meine Laute vermischen sich mit seinen. Mein Unterleib schließt sich fester um seinen Schwanz und ich spüre ihn noch intensiver in mir. Ich schreie vor Erregung laut auf und Sekunden später, schreit auch er wieder vor Vergnügen und entlässt schließlich ein lautes Knurren der Ekstase.

Ich spüre einen wahren Hitzerausch, als sein Schwanz in mir erbebt. Ich presse mich noch ein paar Mal gegen ihn; wir atmen beide schwer. *Heilige Scheiße,* denke ich, mich überkommt die gleiche Verwunderung wie letzte Nacht mit Daniel, nur viel kraftvoller.

„Alles klar, Süße?", fragt er mit heiserer Stimme.

Lächelnd nicke ich und küsse ihn. „Perfekt."

Ich bin noch wackliger auf den Beinen, als nach meiner Rummacherei mit David, doch ich schaffe es, nach einigen tiefen Atemzügen, von ihm herabzusteigen. Ich greife mir ein Taschentuch und streife ihm das Kondom ab. Mit schweren Augenlidern und sehr befriedigt, lehnt er sich zurück, während ich das Zeug in den Mülleimer werfe.

Erst dann bemerke ich, dass sich die Türe langsam schließt. Ich erstarre. *Hat uns jemand gesehen?*

Aber ich höre keine Schritte und niemand sagt etwas. Nach einem Augenblick zucke ich mit den Schultern und lege mich zu Jake ins Bett.

KAPITEL 13

SEBASTIAN

Ich entferne mich so schnell ich kann von Jakes Hütte. Ich beiße die Zähne zusammen und balle die Fäuste, obwohl es keinen Grund für mich gibt, eifersüchtig zu sein. Ich habe kein Recht dazu. Dennoch steigt, entgegen jeder Logik, die Wut in mir hoch.

Alanna dabei zu sehen, wie sie Jake reitet - den Kopf zurück geworfen, den Mund vor Erregung leicht geöffnet - während der glückliche Mistkerl sie zum ersten Mal nimmt, war fast zu viel für mich.

Ich weiß, dass es dumm ist. Ich weiß, dass es lächerlich ist, mich so zu fühlen. Also bringe ich das letzte bisschen Selbstbeherrschung auf und gehe weg. Ich weiß, dass es das Richtige ist, aber dennoch hasse ich jeden einzelnen Schritt.

Fick dich, Jake. Ich war an der Reihe, nicht du. Ich.

Doch wie gesagt; ich verhalte mich lächerlich. Alanna ist kein Besitz, den wir herumreichen und am Ende entscheidet sie. Und wie es aussieht, hat sie ihre Entscheidung getroffen. Am Ende läuft es darauf hinaus, dass ich auf ihre Entscheidung eifersüchtig bin, nicht mich gewählt zu haben.

Ich gehe den Weg zum Strand hinunter und habe mittlerweile vergessen, warum ich überhaupt zu Jakes Hütte gegangen war.

Alles, woran ich denken kann, ist die Show, in die ich hineingeplatzt bin – ich bin so gedankenverloren, dass ich auf dem nassen Weg beinahe ausrutsche. Ein- oder zweimal wollte ich schon umkehren – dann wird mir klar, wie dumm das ist und ich laufe einfach weiter.

Die verbrannten Überreste des Bootshauses wurden unten am Strand zusammengeräumt und es sind nur noch die verkohlten Pfosten und das Fundament erkennbar. Ich hole meinen Werkzeugkasten aus dem Treibstoffdepot, nehme den Tischlerhammer und beginne, die verkohlten Stellen abzuschlagen.

Hurrensohn, denke ich, während ich immer mehr Lagen verkohltes, schwarzes Holz abschlage. Mir wird klar, dass ich nicht eifersüchtig bin, weil ich sie ganz für mich alleine will; ich bin eifersüchtig, weil sie die anderen anscheinend lieber mag als mich.

Und doch hast du nicht widersprochen, als es darum ging, dass Daniel gestern zu ihr gegangen ist, weil du nicht die Geduld aufbringen kannst, sie zu befriedigen, ohne dabei gleich auf Sex zu drängen. Er hat ja praktisch angeboten zu verzichten, doch du wolltest sie ja stattdessen vögeln.

Der Gedanke stoppt meine Bewegung und seufzend lasse ich den Hammer zu Boden sinken. Ein Teil meiner Wut verschwindet, als mir klar wird, wie lächerlich ich bin. Es gibt keinen Konkurrenzkampf hier; keine Belohnung dafür, ihr „Erster" zu sein. Und wenn ich ernsthaft etwas Zeit mit ihr alleine verbringen will, muss ich das einrichten. So wie Daniel es getan hat.

Jake hatte nur Glück. Das ist alles. Zeit sich zu beruhigen und sich wieder an die Regeln zu erinnern, die wir gemeinsam aufgestellt haben. Diese Regeln sollten diese Art von Gefühlen verhindern.

Anstatt vor mich hin zu grübeln, während ich die Pfosten von Kohle befreie und die Sockel der Pfosten erhalte, beginne ich zu planen. Schließlich helfen meine Pläne dabei, meinen Kopf frei zu kriegen und alle Anzeichen von Eifersucht und Ärger zu vertreiben. Stattdessen macht sich freudige Erwartung breit.

Wenn bei mir schon Konkurrenzdenken aufkommt – und das tut es – dann ich nutze ich es gerade auf falsche Weise. Anstatt mir darüber Sorgen zu machen, wer das kurze Streichholz gezogen hat oder wer sie zuerst gevö-

gelt hat, sollte ich mich vielleicht darauf konzentrieren, wer von uns sie vor Vergnügen am lautesten zum Schreien bringt.

Nachdem ich damit fertig bin, die Pfosten zu kürzen - und einen vollständig zu entfernen, der bis zum Kern ausgebrannt war – gehe ich zurück zu meiner Hütte und direkt zu meiner Truhe. Es ist eine alte Truhe aus der Armee, eines der alten Dinge, die ich vom Festland mitgebracht habe. Hauptsächlich aus dem Grund, weil sie damals mit Geld und Goldmünzen gefüllt war.

Nun beherbergt sie Schätze ganz anderer Art. Ich öffne den Deckel und blicke auf meine außergewöhnliche Sammlung. Womit anfangen? Ich schnappe mir einen leeren Beutel vom Haken an der Wand und packe Kondome und Gleitcreme hinein. *Das darf ich nicht vergessen.*

Meine Spielzeugtruhe enthält zahlreiche Sex- und Gefühlsspielzeuge aus aller Welt. Ich ziehe die härteren Dinge in Betracht: Meterlange Hanfseile, Paddel, Peitsche. *Nein.* Nichts wird Alannas zarte Haut beschädigen. Es sei denn, sie bettelt darum.

Ich wähle ein halbes Dutzend Dinge, die eher anfängerfreundlich sind und packe sie in den Beutel. Heute Nacht werde ich derjenige sein, der an Alannas Türe klopft und sie wird lieben, was ich für sie geplant habe.

„WOHIN GEHEN WIR?", fragt sie mich, als ich sie nach dem Abendessen den Weg entlang führe, der auf die andere Seite des Hügels führt. In der Mitte der Insel liegt ein kleines, verstecktes Tal, Überbleibsel einer Caldera, die einen kleinen See umschließen.

„Das ist eine Überraschung", antworte ich mit fröhlicher Stimme und halte ihre Hand. Sie nickt und lächelt mir zustimmend zu, doch ihre hochgezogene Augenbraue verrät mir, dass ich ihre Neugierde geweckt habe.

Wir sind beide satt und unsere Schritte sind langsam, es ist eher ein Spaziergang als ein Aufstieg. Jake hatte Burger für alle gemacht. Auch wenn er nur auf einem Bein herumhüpfen kann und noch viel sitzen muss, besteht er darauf, ein paar Aufgaben zu übernehmen. Das mindert meine Wut auf ihn ein wenig.

Doch noch mehr als Jakes Kochen, hat die Vorfreude auf das hier meine Wut gemildert.

Wir steigen den Hügel langsam hinab, das Licht der Fackeln weist uns dabei den Weg. Ich habe mich früh genug um die Citronella-Lichter gekümmert, nicht nur wegen des romantischen Effekts, sondern auch, um Alanna vor den Moskitos zu bewahren. Als wir das Lager erreichen, welches ich am See errichtet habe, sieht sie mich mit großen Augen an. Ich kann nicht anders und muss lächeln.

„Gefällt es dir?“

Normalerweise beinhaltet meine Idee von Camping im Freien nicht mehr als ein kleines Zelt und eine Schlafmatte.

Doch für sie habe ich kein Zelt, sondern ein Serail erbaut.

„Heilige Scheiße“, murmelt sie. Die ganze Arbeit - die Matratzen über den Hügel in das große Leinenzelt tragen, die schönen Bezüge und Lichter und das Aufhängen der Moskitonetze – das alles war es wert; allein für das Lächeln auf ihrem Gesicht. „Wie lange hast du denn dafür gebraucht?“

„Nicht lange.“ Ganze zwei Stunden hat es gedauert, doch das ist mir egal.

Sie geht einen Schritt vor, um sich meine Arbeit genauer anzusehen und plötzlich erinnere ich mich an das letzte Mal, als ich mich verliebt habe. Das muss jetzt fünfzehn Jahre her sein. Während ich in meiner üblichen Art mit der Frau eines Milliardärs beschäftigt war, habe ich mich in ihre hübsche, blonde Tochter Emiliy und ihren sanften Augen verliebt. In einem Zelt wie diesen, habe ich ihr die Unschuld genommen.

Wir haben uns zwar im Guten getrennt, aber wir haben uns nichtsdestotrotz getrennt. Emily ist mit ihrer frisch geschiedenen Mutter nach Paris gegangen und ich bin nach New Orleans gezogen, um etwas von dem Reichtum ihres nun verlassenen Vaters auszu-geben – und zu verstecken.

Doch in der ersten Nacht mit Emily hatte ich genau das gleiche Gefühl wie jetzt – eine Mischung aus Vorfreude und Sorge, die mir die Eingeweide zusammendrückt, während ich auf ihre Meinung warte.

Dieses Mädchen bedeutet mir etwas. Es macht mir ein wenig Angst, wie viel Macht sie über mich hat.

Als sie sich zu mir umdreht, wird das Enge Gefühl in meinem Magen noch stärker, doch das Lächeln in meinem Gesicht halte ich krampfhaft aufrecht.

„Ich liebe es", erklärt sie mit hochgezogener Augenbraue. „Aber es bringt bei mir auch die Frage auf, was du geplant hast."

Ich lache, die Anspannung lässt mich endlich los. „Du wirst schon sehen."

KAPITEL 14

ALANNA

E*r hat mir ein Liebesnest gebaut. Heilige Scheiße. Diese Typen. Jeder einzelne von ihnen ist unglaublich.*

ICH SCHAUE MICH UM; das unglaubliche Zelt, Früchte und der Wein stehen auf einem kleinen Tisch neben den Matratzen, ein auf einem kleinen Tisch, eine Gallone Wasser... und der geheimnisvolle Beutel. *Muss ich diese Insel wirklich wieder verlassen? Ich glaube, das möchte ich gar nicht.*

NEIN, ich weiß, dass ich das nicht möchte. Ich möchte für immer hier bei diesen drei unglaublichen Jungs bleiben, ausschlafen, gutes Essen genießen, Filme unter den Sternen gucken und durch den Dschungel klettern. Beim Aufwachen möchte ich ihre Gesichter sehen.

ICH GLAUBE, *ich verliebe mich. In alle drei.*

„Das hättest du doch nicht tun müssen", sage ich, ziehe meine Sandalen aus und gehe ins Zelt. Er hat den Boden doch tatsächlich mit einem Persischen Teppich ausgelegt. Es fühlt sich an, als bewegten sich meine Füße auf Wolken.

„Ich wollte aber. Ich wollte etwas dafür tun, um... du weißt schon, deine Aufmerksamkeit zu gewinnen." Er lässt seine Sandalen mit einem dumpfen Geräusch zu Boden fallen, stellt sich hinter mich und lässt seine warmen Hände über meinen Rücken gleiten.

Oh Mann. Zweimal an einem Tag – und das an dem Tag, an dem ich überhaupt das erste Mal Sex hatte. Bin ich dafür bereit?

Ich blicke ihn über meine Schulter an. Er lächelt mich an und in seinen Augen liegt ein verführerisches Leuchten. Dieses Lächeln entflammt das Feuer in meinem Inneren, das noch von meinem Erlebnis mit Jake nachglüht, aufs Neue. Dieses Mal bin ich es, die den Kuss initiiert.

Für einen kurzen Moment lässt mein Enthusiasmus ihn erstarren. Aber er hat es sich verdient. Ich weiß, wann sich jemand wirklich Mühe gegeben hat. „Du verwöhnst mich" sage ich.

„Gewöhn dich dran", antwortet er und nimmt mich in den Arm. Er küsst mich sanft und ich lehne mich an seine Brust. Meine Finger gleiten zu seinen Schultern und ich summe fröhlich gegen seine Lippen... dann beendet er zu meiner Enttäuschung den Kuss.

· · ·

„Komm, ich habe noch eine Überraschung für dich", haucht er, setzt sich auf die Matratze und nimmt den Beutel in die Hand. „Möchtest du etwas Wein?"

Der Beutel interessiert mich viel zu sehr. „Erst die Überraschung, dann den Wein", erkläre ich und richte meinen Blick fest auf den Beutel.

„Aber sicher. Ich hoffe nur, du lässt dich nicht leicht verschrecken." Er zwinkert mir zu und meine Neugier steigt.

„Ich bin eine Krankenschwester, die fast ein Jahrzehnt lang in einem staatlichen Krankenhaus gearbeitet hat. Einmal musste ich die Plastikpony-Sammlung eines armen, kleinen Mädchens aus dem Hintern ihres Vaters holen." Ich blicke ihn mit meinem ernsten Schwestern-Blick an und er lacht.

„Okay, okay. Ich weiß, dass Sexspiele für dich noch neu sind, aber... du hast offensichtlich schon viel gesehen. Wie lange hat es denn gedauert... ähm... alles rauszuholen?"

„Zwei Stunden, plus einer Menge Gleitcreme", antworte ich todernst.

Er schüttelt den Kopf und ich grinse ihn an. „Okay, okay", ächzt er schließlich. „Ich schätze, du bist schon bereit für ein paar fortschritt-lichere Spielzeuge."

. . .

ICH WERDE STILL und mache mir plötzlich Sorgen, als er den Beutel öffnet. Was zur Hölle hat er mitgebracht? „Nichts Schmerzhaftes, hoffe ich?"

„Nicht wirklich. Das erzeugen verschiedener Empfindungen kann einen netten Kontrast erzeugen, doch das bedeutet nicht, dass ich bei unserem ersten Zusammentreffen direkt eine Peitsche einsetze." Sebastians Augen leuchten und ich lächle entspannt.

ICH BIN IN GUTEN HÄNDEN. Wie konnte ich nur so ein Glück haben und diesen drei Männern begegnen, die so nett zu mir sind? Sie haben Ehre, sind loyal und sie halten ihr Wort. Welche Ironie, dass der einzige Mann, dem ich sonst etwas bedeutet habe, ebenfalls ein Sträfling war, genau wie diese Jungs.

„STIMMT WAS NICHT?", fragt er, als er den Beutel zur Hälfte geöffnet hat.

„NEIN, ich... habe mich nur gefragt, wie ich so ein Glück haben konnte, euch zu begegnen." Ich erwähne meinen Vater nicht – das erscheint mir in einem Moment, in dem er gerade eine Tasche mit lauter Sexspielzeug öffnet, doch eher als Stimmungskiller.

„GLAUB' mir, ich fühle mich auch wie ein Glückspilz. Und ich weiß, dass es Daniel und Jake genauso geht – sie müssten wahre Idioten sein, täten sie es nicht." Für einen Moment verdunkelt sich das Leuchten in seinen Augen, was mich verwundert. „Um ehrlich zu sein, müssten sie sich besonders glücklich darüber schätzen, dass ich nicht noch gieriger bin. Sonst würde ich dich nämlich ganz für mich behalten."

. . .

ICH LÄCHLE etwas verunsichert und in mir geht ein kleines Warnlämpchen an. Mir ist zwar klar, dass dieser Kommentar als Kompliment gemeint sein soll, doch ich weiß auch, wohin so eine Art zu denken führen kann.

KONKURRENZ. Eifersucht. Verrat. Genug Drama, um dieses Paradies in eine Hölle zu verwandeln, die noch schlimmer als diese furchtbare Kreuzfahrt wäre. *Das darf ich nicht zulassen.*

„DAS IST WIRKLICH SÜSS", sagte ich sanft, „aber ich will nicht für irgendwelche Probleme zwischen dir und den anderen verantwortlich sein." Ich achte darauf, meinen Worten den nötigen Druck zu verleihen. *Es wird keine Streitereien geben.*

ER LÄCHELT ETWAS ANGESPANNT, nickt mir aber zustimmend zu und öffnet den Beutel schließlich ganz. „Nun ja, wir werden schon ein wenig um deine Aufmerksamkeit wetteifern. Und der gesunde Weg verläuft dabei über... Verführung."

ICH STELLE mich vor ihn und blicke mit großen Augen in den Beutel. Mir fällt zuerst eine transparente Hülle auf, in der sich ein Paar kleine, mit Leder überzogene Dinge befinden, die durch eine Drehschraube verschlossen sind. Die verchromten Teile dieser Dinger sind mit bunten Juwelen besetzt. „Was zur Hölle ist das?"

„NIPPEL-KLEMMEN. Die habe ich aus Paris. Willst du sie dir ansehen?" Er greift hinter mich – dabei berühren seine Fingerspitzen meinen Arm – und öffnet die Hülle.

. . .

Ich schaue mir die Klemmen eher skeptisch an, dabei spüre ich, wie meine Nippel vor Neugierde hart werden. „Sind die schmerzhaft?", frage ich vorsichtig, jeglicher Wagemut, den ich hatte, ist verschwunden.

„Nicht, solange du es nicht willst. Das sind Druck-Spielzeuge. Das Lederfutter verhindert wirkliche Schäden, und du kannst selbst entscheiden, wie fest oder locker sie sein sollen." Er legt mir eine in die Hand, sie ist überraschend leicht. „Sie sind ein guter Fingerersatz, wenn die Finger... woanders beschäftigt sind."

Bei dieser Andeutung presse ich reflexartig meine Beine enger zusammen und mein Gesichtsausdruck bringt ihn zum Lachen. „Was ist da noch drin?"

Er zeiht eine lange, dichte, dunkelblaue Seidenfessel hervor, eine Augenbinde – die sich von Daniels unterscheidet – ein Paar mit Plüsch überzogener Handschellen und ein komisches, fluffiges Ding, das ich nach einigen Momenten als eine Art Handschuh identifiziere. Er sieht mir meine Neugier an, zieht sich den Handschuh über und wackelt mit den Fingern.

„Diese kleine Schönheit dient der Empfindung, mein Lieblingsbereich. Es bietet sowohl Vergnügen als auch Scherz. Willst du es mal testen?"

„Bei der Sache mit dem Schmerz bin ich mir nicht so sicher", gebe ich zu und halte noch immer die Nippel-Klemmen fest. Vorsichtig strecke ich meine freie Hand zu dem Handschuh aus, direkt unter der seidenen Oberfläche fühlt es sich merkwürdig an.

.   .   .

ICH DRÜCKE etwas fester zu und runzle die Stirn. Unter der weichen Oberfläche liegt etwas scharfes, es fühlt sich ungefähr so wie Katzenkrallen an. „Was ist das?" Die scharfe Oberfläche kommt nur in einer Richtung zum Vorschein.

„EMPFINDUNGSHANDSCHUH. Glatt auf der einen Seite und mit winzigen Spikes auf der anderen Seite, direkt unter dem Plüsch. Sie verursachen keine Kratzspuren auf der Haut, aber du kannst sie deutlich spüren, je nachdem, wie viel Druck ich ausübe." Zur Demonstration fährt er mir mit dem Handschuh über den Arm.

ICH SCHNAPPE NACH LUFT. Das sanfte Gefühl des Plüsch wird durch das leichte Kratzen der Spikes verstärkt. Es ist überhaupt nicht schmerzhaft – nur ein leichtes Kratzgefühl. Mir stellen sich die Nackenhaare auf.

„DIE EMPFINDUNG ÄNDERT SICH, je nachdem in welcher Weise ich es anwende," Er fährt mit seiner Hand über meinen Arm, doch dieses Mal dreht er den Handschuh und ich spüre zuerst die scharfe und dann die weiche Seite. Sein Griff ist etwas fester und die Spikes stechen ein wenig. „Wie ist das?"

„EIN BISSCHEN ZU FEST. Ich fürchte, meine Schmerzgrenze ist nicht besonders hoch." Ich lächle ihn verschämt an. Er küsst meine Hand und zieht den Handschuh aus.

„IST SCHON IN ORDNUNG. Ich teste nur aus, was dir gefällt." Dann zieht er eine kleine Samttasche hervor.

· · ·

„DER PLÜSCH IST NETT. Das scharfe Zeug weniger. Was hast du sonst noch?" Meine Spannung und meine Neugierde wachsen, während meine Besorgnis sich legt. Ich bin mir aber immer noch nicht sicher, ob ich diese Klemmen in die Nähe meiner Brustwarzen lasse, obwohl mich die Idee irgendwie... fasziniert.

„MASSAGEÖLE, eine Anzahl an Ticklern und Fesseln, ein paar kleine Vibratoren. Und natürlich Kondome. Hast du irgendwelche Erfahrungen?"

„NUR MIT AUGENBINDE und Kondom." Ich bin neugierig auf die Vibratoren. Er gibt mir den Beutel, ich greife hinein und hole ein Paar Saugnäpfe, ein Bündel weicher Federn und einen eierförmigen Vibrator plus angeschlossener Batteriebox, heraus.

„WAS IST DAS FÜR EINER?" Ich schalte die Batteriebox ein und der Vibrator erwacht zum Leben.

„BULLET-VIBRATOR. Liegt beim Partnersex angenehm an der Klitoris. Oder du kannst ihn auch äußerlich anwenden." Er wedelt mir mit dem Ding vor der Nase rum und ich lache.

„WO HAST DU GELERNT, das ganze Zeug zu benutzen?" frage ich erstaunt. Er hält kurz inne, als denke er über etwas nach, dann lacht er.

· · ·

„ICH HABE MAL einen Online Sexshop betrieben, zur Verschleierung meiner... Aktivitäten. Ich habe eine Menge gelernt. Und ich habe eine Menge gelangweilter Hausfrauen mit Zeug bekannt gemacht, mit dem sie ihre Männer erschrecken konnten."

„VERMISST DU ES?", frage ich ihn, während er mich an die Hand nimmt und zu den Matratzen führt. Wir legen uns hin und er greift sich die Feder.

„NEIN. Am Ende... habe ich immer nur den gleichen Racheakt wieder und wieder durchgeführt." Er greift nach dem Wein und öffnet die Flasche, dann holt er zwei Gläser aus dem Beutel.

„ENTSCHULDIGE?" Auch wenn ich erregt bin, so bin ich doch auch an seiner Vergangenheit interessiert.

„ES GIBT eine Menge reicher Männer, die es verdienen, verachtet zu werden. Sie ruinieren die Welt für ihren eigenen Profit. Mein eigener Vater war da keine Ausnahme. Er hat meine Mutter benutzt und dann irgendwelche Blondinen, die halb so alt waren wie er, gebumst. Doch nachdem er weg war und ich meine Rache hatte, hätte ich es dabei belassen sollen. Ich war schon reich" seufzt er und reicht mir ein Glas. „Ich hätte aufhören sollen. Aber andererseits, wenn ich das getan hätte, wäre ich Daniel und Jake nicht begegnet. Oder dir."

„ALSO IST ES EIN AUSGLEICH?" frage ich nachdenklich über den Rand meines Glases. Der Wein ist köstlich und spritzig.

„ICH SCHÄTZE SCHON."

.   .   .

„HMM." ICH NEHME EINEN SCHLUCK, während er mir sanft den Rücken massiert und dann sanft mit der Feder über meine Schultern und meinen Nacken fährt. Ich zittere vor Anspannung, doch meine Gedanken sind noch immer bei seinen Worten.

ELF JAHRE DER EINSAMKEIT, sich mit den widerlichsten Typen herum-schlagen und immer auf der Suche nach jemandem, der mich glücklich macht. War es das alles wert, weil es mich am Ende hierher geführt hat?

BIN ICH NUN DA, wo ich schon immer sein sollte?

ICH BIN EINFACH DUMM. Ich bin verknallt. Ich muss mit einer Tonne neuer Beziehungs-Energie umgehen und manchmal fällt es mir schwer, mich daran zu erinnern, dass ich erst einige Tage hier bin. Es ist auch schwer daran zu denken, dass ich in ein paar Wochen wieder gehen werde.

Ich bin mir wirklich nicht sicher, ob ich das möchte. *Doch für solche Gedanken ist es viel zu früh.* Ich weiß noch immer nicht, ob das funktioniert – die kleine Signalflagge von Sebastian macht mich nervös.

KANN SO eine Beziehung wirklich von Dauer sein?

KAPITEL 15

ALANNA

„Vielleicht solltest du einfach akzeptieren, dass es Teil der Reise war, die dich hierher gebracht hat. Ich glaube, ich bin momentan in einer ähnlichen Situation" erwidere ich und gebe einen erfreulichen Laut von mir, als er meinen Nacken küsst.

„Mmm. Du hast Recht." Er trinkt sein Glas Wein aus und nimmt mir mein leeres Glas ab, bevor er mich erneut küsst.

Während Daniel aufmerksam und darauf bedacht war, mich zu verwöhnen, war Jake eher ungeduldig stürmisch, gepaart mit Zärtlichkeit. Und Sebastian ist... unaufdringlich. Seine Finger und die Federn gleiten über meine Haut, über meine Schultern, über meinen Hals und über die Vorderseite meiner Bluse. Erst als ich seine warmen Finger an meiner Brust spüre, wird mir bewusst, dass er meine Bluse geöffnet hat.

· · ·

IN DER BEWEGUNG seiner Hände liegt etwas Flüchtiges. Sie bewegen sich so schnell zwischen mich-streicheln und mich-ausziehen hin und her, dass ich kaum mitbekomme, was gerade passiert. Er packt mich aus wie ein Geschenk, mit leuchtenden Augen streichelt er meine nackte Haut und küsst anschließend jeden Zentimeter.

NACKT UND ZITTERND stütze ich mich auf Hände und Knie, während er meinen Rücken mit auserlesenem Öl einreibt. Es wärmt meine Haut, mein Rücken kribbelt – und wird sofort wieder kalt, als er seinen Atem dagegen haucht.

ICH HÖRE das sanfte Brummen des Vibrators und erschaudere vor Erwartung. Er nimmt das kleine Ei in die Hand und lässt es über meine Brustwarzen gleiten, dann an meinem Bauch herunter zu meiner feuchten Muschi. Er steckt es mir zwischen die Schamlippen und drückt es mit seinem langen Finger an die richtige Stelle; ich stöhne auf.

„Das ist die niedrigste Stufe. Ich werde ihn erst einmal drin lassen, um dich zu reizen. Wollen wir mal sehen, womit wir noch spielen können." Seine Stimme wird tiefer vor Lust und ich höre das Rascheln seiner Kleidung, als er sich auszieht – kurz drauf folgt das Geräusch einer aufgerissenen Folien-Verpackung. Währenddessen lässt mich das kleine, vibrierende Ei erschaudern, während ich gehorsam in der Hocke verbleibe.

„UND JETZT, nicht bewegen. Deine Aufgabe ist es, nur zu fühlen, was ich mit dir anstelle. Falls es zu viel wird sagst du einfach *rot* und ich höre sofort auf." Seine Hände verteilen noch mehr Öl auf meinen Schultern. „Tust du das für mich?"

· · ·

„Ja", flüstere ich und frage mich, was er mit mir vorhat. Er geht hinter mir in die Hocke... dann greift er meine Arschbacken, streichelt und knetet sie.

„Sehr schön. Es gibt so viele Dinge, die ich zwischen diesen süßen Backen anstellen könnte. Aber ich schätze, du benötigst noch etwas mehr Zeit zum Eingewöhnen." er hat ein Lachen in seiner Stimme und als Reaktion ziehen sich meine Backen und meine Muschi zusammen; ich spüre eine merkwürdige Mischung aus Unruhe und Erregung.

Er verteilt das Öl auf meiner Haut; über meinen Rücken, meinen Hintern, meine Brüste. Ich beginne mich langsam gegen ihn zu pressen und gurre sanft. Nachdem das Öl auf meiner Haut verteilt ist, fühlt sie sich warm und kribbelig an. Dann beugt er sich vor und saugt wild an meiner Wirbelsäule entlang.

Auf seinem Weg hinterlässt sein Mund brennende Stellen auf meiner Haut. Dann positioniert er sich über mir, sein Gewicht stützt er auf Händen und Knien ab – er bedeckt mich wie ein Tier.

Ich spüre seine latex-bekleidete Erektion an meinem Innenschenkel und mein Rücken beugt sich. „Entspann dich" flüstert er, greift nach unten und führt die Spitze seines Schwanzes in mich hinein. „Du wirst ein gutes Mädchen sein und mich ganz in dich aufnehmen, oder?"

Ich beiße mir auf die Lippe und nicke stumm meine Zustimmung. Er greift zwischen meine Beine und drückt den Vibrator gegen meine Klit – dann dringt er tief in mich ein.

. . .

„OHH" stöhnt er in mein Ohr und vergräbt sich tief in mir. „Gutes Mädchen. Du bist ein gutes Mädchen. Du fühlst dich toll an. Jetzt krümme deinen Rücken ein wenig." Ich tue, was er mir sagt und er stöhnt erneut auf. Dann bewegt er sich langsam in mir vor und zurück.

„JA, ja, genau so. Gut." Er greift sich die Nippelklemmen und holt sie aus der Verpackung. „Möchtest du die jetzt ausprobieren?"

ICH ATME TIEF durch und drücke mich gegen seinen Schwanz. Der Vibrator fühlt sich nicht so gut an, wie er. Langsam presse ich mich gegen ihn und höre, wie er nach Luft schnappt.

„VERSUCHEN wir es." Es dauert einen Moment bis mir klar wird, dass die säuselnde Stimme mir gehört.

ER GREIFT um mich und bringt die Klemme an meiner Brustwarze an, die schon schmerzhaft erregt ist. Ganz, ganz langsam zieht er die Klemme fest. „Sag, wann" weist er mich an.

ICH BIN SO ERREGT, dass ich den Schmerz kaum wahrnehme und es folgt ein weiterer Moment der Erkenntnis und mir wird klar, dass ich diesen sanften Schmerz sogar genieße. Das wird mir klar, als er die Klemme noch etwas fester zieht und ich vor Vergnügen aufstöhne. „Jetzt", stöhne ich auf. „Jetzt."

. . .

ER BEFESTIGT die zweite Klemme und reibt anschließend mit dem Finger über meinen eingeklemmten Nippel. Ich gebe einen lauten Aufschrei von mir und beiße mir auf die Lippe. Er lacht genüsslich und wiederholt seine Handlung. Dann erzittert er, greift nach unten und stellt den Vibrator auf eine höhere Stufe.

ICH SCHNAPPE nach Luft und bohre meine Fingernägel in die Bettdecke, als das Brummen an meiner Klit stärker und stärker wird. Meine Brustwarzen kribbeln, meine Muschi presst sich gegen seinen Schwanz und er stöhnt mir ins Ohr, als er beginnt, zuzustoßen. Ich spüre seine Bewegungen in mir und schließe die Augen.

ER PRESST den Vibrator gegen mich und stößt zu. Unglaublich erregt, winde ich mich hin und her und drücke meinen Hintern fest gegen ihn. Er stöhnt erneut auf und küsst meinen Nacken; dann schlägt er mir rhythmisch auf den Hintern.

SEIN SCHWANZ DRÄNGT sich in meine schmerzende Muschi, die ihn bei jedem Stoß noch fester umschließt. Mein Stöhnen wird immer unkontrollierter und ich höre seinen schweren Atem. Ich weiß nicht, wie spät es ist oder wie lange wir schon dabei sind. Ich kann nicht sagen, wo mein Körper endet und sein Körper anfängt – alles zentriert sich auf die Gefühle, die mich durchströmen, mich einhüllen und jeden Teil von mir übernehmen.

DANN ENTFÄHRT IHM EIN LAUTER, langgezogener Schrei und er dringt er soweit in mich ein, wie er kann. Sekunden später erlebe auch ich eine innere Explosion: mich durchfährt ein Rausch, ich erschaudere und mein Körper erschlafft. Ich schließe die Augen...

· · ·

SEINE KÜSSE auf meinem Nacken wecken mich auf. Vibrator und Nippel-Klemmen sind weg, wir liegen zusammengekuschelt – er umarmt mich von hinten - auf den Matratzen. „Mmm" flüstere ich und drehe mich zu ihm um.

ER LÄCHELT UND IST ENTSPANNT, noch immer nackt und mit zerzausten Haaren. Er legt seinen Kopf auf einen Ellenbogen und schaut mich an. „Hat es dir gefallen?"

„SEHR" antworte ich leise. Ich bin selbst etwas überrascht, wie sehr mir das alles gefallen hat – ganz besonders die Nippelklemmen.

„GUT" antwortet er und gähnt laut. „Jetzt lass uns schlafen... Ich schätze, morgen wirst du wieder Krankenschwester spielen."

„IN ALLER FRÜHE" seufze ich. Die Arbeit einer Krankenschwester hört nie auf. Doch die Vergünstigungen in diesem Fall sind es allemal wert.

KAPITEL 16

JAKE

„Ich möchte, dass sie bleibt" sagt Sebastian plötzlich, während wir das Strandhaus reparieren.

Vor eineinhalb Wochen ist Alanna in unser Leben getreten und ich bin absolut seiner Meinung. „Verdammt richtig" sage ich und setze einen neuen Pfosten an die Stelle eines alten. Neben mir nickt Daniel voller Überzeugung, während er den Pfosten greift, den Sebastian ihm reciht.

„Sie tut uns allen gut" stimmt Daniel zu. „Sie steht genauso auf jeden von uns, wie wir auf sie. Sie spielt keine Spielchen und wenn es ein Problem gibt, spricht sie es an."

„Glaubt ihr, sie wird es tun?" Sebastian unterbricht seine Arbeit am dritten Pfosten, den er gerade mit der Säge zurecht schneidet. Der Vierte muss als Ganzes in die Erde geschlagen werden. „Ihr Leben auf dem Festland aufgeben, um bei uns zu bleiben? Es ist eine Sache diesen Lebensstil für ein paar Wochen auszuleben, aber eine ganz andere, ihn dauerhaft zu leben."

In seiner Stimme liegt ein Hauch von Sorge und Zweifel; so viel Emotion habe ich bei ihm noch nie erlebt und es löst in mir das gleiche Gefühl aus. Ich verkneife mir meine Zweifel und grinse stattdessen breit. „Mit den richtigen Anreizen dürften wir ganz gute

Chance haben. Vor allem wenn wir ihr hier ein besseres Leben bieten, als sie es in Miami hat."

Die letzten zehn Tage waren unglaublich. Ich bin noch immer gezwungen, eine Krücke zu benutzen, doch mein Bein schmerzt nur noch, wenn ich es zu stark belaste oder an die Nähte komme. Alle Anzeichen einer Infektion sind verschwunden, allerdings muss ich diese stinkende Seife noch sechs Monate benutzen. Dafür bleibt vielleicht keine Narbe zurück.

Und alle paar Tage halte ich Alanna in meinen Armen. Die Jungs und ich streiten nicht um ihre Aufmerksamkeit, wir wetteifern darum, wer sie im Bett am lautesten zum Schreien bringt. Bis jetzt liegt Daniel um eine Haaresbreite vorn. Ich bin nicht eifersüchtig, doch manchmal frage ich mich, wie es bei Sebastian aussieht.

„Fragen wir sie" schlägt Daniel vor. Sebastian guckt etwas besorgt, doch er erklärt sich schließlich einverstanden.

„Aber wie?", fragt Sebastian.

Das ist die Frage. Wenn wir sie alle fragen, gerät sie unter Zugzwang. Sprechen wir das Thema an, wenn wir mit ihr alleine sind, werden wir vielleicht von unserem Verlangen abgelenkt. Wir müssen einen Weg finden, bei dem sie sich wohlfühlt und unseren Vorschlag so überzeugend wie möglich formulieren. Dann kann sie gar nicht *Nein* sagen.

„Veranstalten wir eine Party" sagt Sebastian. Daniel sieht begeistert aus. Ich kratze mich brummend am Hinterkopf. Ich bin kein großer Freund von Partys. Ein paar Bier, ein paar Steaks, etwas Musik, das reicht mir.

„Alles klar, gut. Veranstalten wir ein Barbecue" brumme ich vor mich hin. „Bestellen wir gutes Fleisch und bezahlen Marcel dafür, alles zu besorgen. Wann steht sein nächster Besuch an?"

„Freitag in einer Woche" antwortet Daniel, während er den Pfosten am neuen Fundament befestigt. „Barbeque klingt gut, finde ich."

„Hmm" brummt Sebastian. „Was für ein Wein passt zu Barbecue?"

„Snob" erwidere ich spöttisch und er lacht.

Als es für die Arbeit zu heiß wird, machen wir Mittagspause und Siesta, doch ich denke noch immer an unseren Plan. Ich gehe und besuche Alanna; während wir uns um das Bootshaus gekümmert haben, war sie mit der Inventur unserer medizinischen Vorräte beschäftigt und hat den Vorratsraum aufgeräumt. Ich öffne die Türe und humple auf meiner Krücke hinein. Das Erste, was ich sehe, ist ihr toller Hintern, der sich mir entgegenstreckt, während sie über einer der Kühltruhen gebeugt ist.

„Verdammt! Was für eine tolle Aussicht" rufe ich und sie dreht sich lachend um und rückt ihren Rock zurecht. Mir gefällt dieser Rock an ihr – und nicht nur, weil sie ihn getragen hat als wir das erste Mal miteinander geschlafen haben.

„Wie geht es mit dem Bootshaus voran?", fragt sie. „Ich bin mit meiner Inventur fast fertig. Ihr Jungs habt wesentlich mehr Zeug, als ihr gedacht habt."

„Gut. Falls uns ein Hurrikan trifft, brauchen wir Vorräte für mindestens drei Wochen und wenn es doppelt so viel ist, noch besser. Manchmal toben in der Karibik zwei, drei Stürme hintereinander."

Ich humple zu ihr und sie trifft mich auf halbem Weg. Sie küsst mich zärtlich und drückt ihre wunderbaren Brüste gegen meine Brust. Sogar mit der Kleidung zwischen uns, ist ihre Berührung atemberaubend.

Nachdem der Kuss beendet ist, sehe ich sie an und in meinem Kopf stellt sich wieder diese Frage. Die anderen wollen, dass wir ihr unseren Vorschlag in der richtigen Umgebung machen. Damit bin ich einverstanden, aber ich würde gerne vorher wissen, wie die Vorzeichen für uns stehen.

„Gefällt es dir hier?", frage ich sie und halte sie noch immer in meinen Armen.

Sie denkt nicht lange über ihre Antwort nach, was ich als gutes Zeichen empfinde. „Ja. Ich bin glücklich hier. Und nicht nur, weil du der einzige Patient bist, um den ich mich kümmern muss."

„Wartet in Miami ein ausgefülltes Leben auf dich?" *Scheiße, stelle ich zu viele Fragen? Klinge ich zu erwartungsvoll?* Ich gebe mir Mühe, mir meine Besorgnis nicht ansehen zu lassen.

„Nur die Arbeit, eine kleine Wohnung und ein paar Freunde. Die Freunde wären auch das Einzige, was ich wirklich vermissen würde, falls ich nicht zurückgehen sollte." Sie achtet genau auf meinen Gesichtsausdruck. Sie ist klug, sie weiß ganz genau, dass etwas im Busch ist.

„Und was, wenn sie dich besuchen könnten?", frage ich vorsichtig und gebe ihr damit einen entscheidenden Hinweis. Mit einem schiefen Lächeln sieht sie mich an.

„Warum Jake? Denkt ihr etwa darüber nach, mich zu behalten?"

Grinsend senke ich den Kopf ein wenig. Sie ist die einzige Frau, die es schafft, dass ich mich gleichzeitig schäme und glücklich fühle. „Ja, die Jungs und ich denken darüber nach. Du musst überrascht tun, wenn wir dich gemeinsam fragen, okay?"

Sie strahlt. „Okay."

Später am Abend versuche ich nicht zu lauschen, als sie telefoniert. Daniel hat ihr gezeigt, wie sie sich ins Mobilfunknetz der Insel einwählt. Soweit ich weiß, ist das ihr erstes Telefonat, seit sie hier ist. Jemand namens Rosa in Miami. Es hört sich so an, als sei Rosa eine sehr gute Freundin.

„Ja, es ist großartig. Es ist nicht Jamaika, aber komm schon. Eine Privatinsel, drei reiche, alleinstehende Besitzer mit gutem Bier-Geschmack und alles, was ich tun muss, ist mich um das verletzte Bein einer der Jungs zu kümmern."

Sie macht eine kurze Pause und lehnt sich an die Wand meiner Hütte - direkt neben die offene Türe. „Nein, es war definitiv MRSA. Der Typ ist zäh wie Leder, sonst wäre er noch immer auf Schonkost. Ich habe ihn dermaßen mit Antibiotika vollgepumpt, dass es seine gesamte Darmflora hätte killen müssen. Aber nach zwei Tagen gabs schon wieder Steak."

Allein der Klang ihrer Stimme macht mich glücklich. Ich war bisher nur einmal in meinem Leben so verliebt, aber dieses Mal werde ich sie nicht verlieren. Ich werde Alanna lieben und beschützen, solange wir beide leben - wenn sie mich lässt.

Sie lacht laut auf. „Nein, ich mache keine Witze! Es hat ihm sogar gut getan. Der Mann ist ein Tank. Erinnert mich irgendwie an meinen Vater."

Es folgt langes Schweigen. Ich sehe genug von ihrem Gesicht, dass ich beobachte, wie sich ihre Augen weiten und sie errötet. „Was? Nein! Ich meine – nun ja... hör zu, das ist privat."

Ich unterdrücke mein Grinsen und frage mich, wie sie ihrer Freundin erklären will, dass sie eine Beziehung mit drei Männern führt. „Ja natürlich. Wenn ich es mache, kommst du mich auf jeden Fall besuchen. Ich werde dir die drei vorstellen."

Wer weiß, vielleicht lässt sie sich darauf ein. Wenn ich eines über Alanna gelernt habe, dann dass sie verdammt mutig ist.

Ihr dabei zuzuhören, wie sie ihrer Freundin von uns erzählt – ohne auch nur ein Wort über unsere rechtliche Lage zu verlieren – zaubert mir ein Lächeln ins Gesicht. Sie denkt darüber nach, hierzubleiben. Falls Sebastian sich darum Sorgen machen möchte, ob sie geht, dann soll er das tun.

Ich mache mir keine Sorgen, Ich hoffe – hoffentlich kann sie sich eine Zukunft mit uns vorstellen.

KAPITEL 17

ALANNA

Ich bin vor drei Wochen auf die Insel gekommen und die Jungs wollen, dass ich bleibe. Während des Barbecues haben sie mich ganz offiziell gefragt und ich habe *Ja* gesagt.

Wir haben gefeiert. Jake hat es dabei etwas übertrieben und in Kombination mit den Schmerzmitteln, die er immer noch nimmt, ging es für ihn früh ins Bett. Sebastian und Daniel haben sich noch eine Weile miteinander unterhalten und sind dann hinter dem Hügel verschwunden, nachdem sie mir eine Gute Nacht gewünscht haben.

Und nun bin ich für mich und sitze hier in meinem neuen, sehr knappen Bikini, den ich mir auf Barbados gekauft habe. Ich denke darüber nach, auch früh ins Bett zu gehen. Durch das Feuer des Grills und die feuchte Sommerhitze bin ich schläfrig und das Völlegefühl durch Steak und Hühnchen trägt noch dazu bei.

Ich kühle mich in der Outdoor-Dusche ab und summe vor mich hin. Ich schließe meine Augen und genieße das Wasser, das über meinen Körper läuft. Als ich meine Augen wieder öffne, steht Daniel plötzlich vor mir.

Ich lächle, drehe das Wasser ab, gehe zu ihm und küsse ihn. „Hey" sage ich und unterdrücke mein Gähnen. „Huch. Entschuldige."

„Geht's dir gut?", fragt er lachend.

„Nur müde. Ich bin in letzter Zeit erschöpfter als sonst und hung-
riger." Das ist merkwürdig. „Ich schätze, das liegt am Inselleben" sage
ich lächelnd.

„Du hast nicht vor, direkt schlafen zu gehen, oder?", fragt er mit
einem Glitzern in seinen dunklen Augen.

Ich ziehe die Augenbrauen hoch und nehme seine Hand. Wir
gehen zu meinem Gästehaus. „Nein."

Welchen Unterschied ein wenig Erfahrung machen kann. Sobald
die Türe hinter uns zu ist, fallen wir kichernd auf den Futon, wie zwei
notgeile Teenager. Meine Hände fahren durch seine Haare und er
öffnet eilig mein Bikini-Oberteil – ganz anders, als bei unserer ersten
gemeinsamen Nacht. Ich schnappe nach Luft, als er mich von dem
Stoff befreit und seinen Mund um meinen harten Nippel legt.

Ich stöhne, während er seinen Mund über meinen Körper gleiten
lässt und zu saugen beginnt. Meine Hände zittern und ballen sich zu
Fäusten. Meine Fingernägel vergraben sich in seinen Schultern und
dann drückt er mich mit seinem Körpergewicht tiefer in die
Matratze. Ich winde mich unter ihm hin und her und lasse mich von
der Welle der Lust, die meinen Körper durchfährt, mitreißen.

Ich höre meinen schweren Atem und stöhne laut auf, als er
immer fester an mir saugt. Meine Hüften bewegen sich rhythmisch
auf und ab. Als er von mir ablässt, zittere ich vor Verlangen, bis sich
sein Mund um die andere Brustwarze schließt.

Seine Zunge gleitet über meinen harten Nippel und steigert
meine Erregung ins Unermessliche. Als ich es nicht mehr aushalte,
hebt er seinen Kopf und schaut mit feurigem Blick an meinem
Körper herunter.

„Lass deine Hände dort und beweg dich nicht. Sonst höre ich
auf."

Er stützt sich auf und löst das kleine Stück Stoff um meine
Hüften. Ich bin schon ganz feucht und kann es kaum noch erwarten.
Dann holt er ein Paar Klemmen und ein Kondom aus seiner Tasche.
Die Klemmen befestigt er an meinen Brustwarzen, nicht zu fest. Er
zieht seine Shorts aus und streift das Kondom über; dann dreht er
sich mit einem verruchten Lächeln wieder zu mir.

Ich habe keine Ahnung, was er vorhat, bis er mit seiner Zunge über meinen Körper fährt. Er spreizt meine Beine, lehnt sich herunter und küsst meine Schamlippen. Dann lässt er seine Zunge zwischen sie gleiten.

Ich erstarre, schnappe nach Luft und halte mich krampfhaft an der Matratze fest. *Ein weiteres erstes Mal.* Mit seinen Fingern spreizt er meine Schamlippen und sein heißer Atem trifft mein empfindliches Fleisch.

Ich atme schwer, während seine Zunge mich weiter erforscht. Er reizt mich für eine lange Zeit und ich kann nichts weiter tun, als meine Finger in der Bettdecke zu vergraben.

Schließlich lässt er seine Zunge langsam über meine Klit gleiten.

„Oh!", höre ich mich schreien und beiße mir auf die Lippe. Meine Hüften bewegen sich in kleinen Kreisen, in meinem Bauch breitet sich ein starkes Kribbeln aus, das mich glauben lässt, ich könnte jeden Moment explodieren...

...und dann lässt er von mir ab und dort, wo gerade noch seine Zunge war, bleibt ein genüssliches Kribbeln zurück.

Wieder und wieder macht er das mit mir; fährt mit seiner Zunge über mich, bis ich kurz vorm Höhepunkt stehe... aber bevor es soweit ist, hört er auf. Ich kann nicht sagen, wie oft er das wiederholt.

„Bitte" flüstere ich schließlich. „Bitte..."

Er wischt sich den Mund ab und legt sich auf mich. Eine Sekunde später dringt er in mich ein. Gleichzeitig legt er eine Hand auf meine Muschi, um mich zu stimulieren.

Für einen kurzen Moment, nimmt das Rauschgefühl etwas ab, doch bei dem Gefühl, ihn in mir zu haben, kehrt meine Lust mit voller Wucht zurück. Ich winde mich unter ihm hin und her und schlinge meine Beine eng um ihn; meine Arme liegen noch immer auf der Matratze.

„Komm für mich, Baby" hechelt er atemlos und lässt seine Hüften immer fester gegen mich prallen. Jeder Stoß bringt mich näher an den Höhepunkt, während er meine Fotze knetet und drückt und meine schmerzende Klit neckt. „Komm schon, lass los. Du willst es doch."

Seine Anfeuerungen machen mich verrückt. Ich presse meine Fersen in die Rückseite seiner Schenkel und lege meine Hände auf seinen festen Hintern. Mein Kopf rollt von links nach rechts, als er das Tempo weiter erhöht. Laut und wild stöhnend, stößt er zu.

Ich werfe mich wild hin und her und bewege mich immer weiter auf meinen Höhepunkt zu. „Nicht aufhören!", stöhne ich und bin fast soweit. „Oh bitte, hör nicht auf -"

Sein Rücken wölbt sich und er stößt mit aller Kraft zu. Seine Laute werden zu kurzen, verzweifelten Atemstößen. Seine Ekstase ist ihm deutlich ins Gesicht geschrieben und bringt mir letztlich den ersehnten Orgasmus. Kurz darauf durchfährt es auch ihn und ich spüre, wie er in mir explodiert.

Unsere Schreie schallen durch die ganze Hütte und wahrscheinlich darüber hinaus. Ich bin mir sicher, meine Fingernägel haben ihre Spuren auf seinen Schultern hinterlassen. Schließlich bricht er schwer atmend, auf mir zusammen.

Ich halte ihn, während er wieder zu Atem kommt; sein warmer Körper drückt mich in die Matratze. Er gibt ein leises Stöhnen von sich, ein Geräusch purer Befriedigung.

Er nimmt mich in seine Arme und rollt uns zur Seite. Er schließt das Moskitonetz um uns herum und ich lehne mich gegen seine Brust. Sein Herzschlag verlangsamt sich und ich spüre, wie sein Schwanz in mir erschlafft. Nach einigen Augenblicken erhebe ich mich widerwillig, damit er das Kondom loswerden kann – doch ich bin so wackelig auf den Beinen, dass ich sofort wieder auf den Futon falle.

„Du bleibst", murmelt er schläfrig als wir einschlafen. „Wie zum Teufel konnten wir nur so ein Glück haben?"

Am nächsten Morgen sehen die Dinge aber nicht mehr ganz so rosig aus. Ich wache mit einem komischen Gefühl auf; in meinem Mund hat sich Speichel gesammelt und ich spüre in komischen Kribbeln in meinem Hals. Ich setze mich auf – und mir dreht sich der Magen um. *Ach du scheiße.*

Ich übergebe mich in meinen Eiskübel – hauptsächlich Gallenflüssigkeit. Es kann nicht vom Barbecue kommen. Daniel ist aufgewacht und während ich langsam aufhöre zu würgen, hält er meine Haare fest.

„Geht es dir gut?", fragt er besorgt.

„Bäh. Ich weiß es nicht" antworte ich leise. Mir ist noch immer übel und der Geruch meines Erbrochenen bringt mich beinahe wieder dazu, mich zu übergeben. Daniel entsorgt den Eimer, während ich mich eilig anziehe und begleitet mich dann in den Lagerraum zu den medizinischen Vorräten.

Meine Temperatur ist normal. Daniel ist nicht krank, also war es nicht das Essen. Ich habe nicht viel getrunken. Woher kommt also diese unterschwellige Übelkeit? Die Müdigkeit? Der ständige Hunger – und wann habe ich nicht das Gefühl, mich übergeben zu müssen?

Es gibt da eine Möglichkeit. Aber wir haben immer Kondome benutzt. Ich kann doch nicht schwanger sein, oder doch?

Es dauert eine halbe Stunde, bis ich den Mut aufbringe, einen Test zu machen; glücklicherweise befinden sich einige unter den Vorräten. Anschließend sitze ich auf der Toilette, während Daniel besorgt draußen wartet. Ich starre auf das Ergebnis.

Positiv.

„Scheiße", flüstere ich und bereite mich darauf vor, Daniel das Ergebnis mitzuteilen. Die Dinge sind gerade kompliziert geworden.

Da mich bereits zum Bleiben entschieden habe, könnte ein Baby auch eine gute Nachricht sein. Doch auch wenn alle drei meine Liebhaber sind, es kann doch nur einer der Vater sein. Sie haben es vermieden, um mich zu kämpfen. Aber was, wenn sie um das Kind kämpfen?

Sagen wir, es ist sehr kompliziert geworden.

KAPITEL 18
SEBASTIAN

S ie ist schwanger. Einer von uns ist der Vater.

Das beschäftigt mich den ganzen Tag, seit Alanna – die sich ebenfalls Gedanken darüber macht – das Testergebnis verkündet hat.

Seit jetzt fast einem Monat bemühe ich mich darum, die Frau, die ich liebe, mit zwei anderen Männern zu teilen. Das war meine Entscheidung und mein Versprechen. Ich habe geschworen, dass ich alles mit ihnen teilen werde und sie mit mir.

Auch wenn sie mit einem anderen zuerst geschlafen hat und in jeder Nacht, in der ich meine Eifersucht bekämpft habe weil sie bei einem von ihnen war, habe ich mich an mein Versprechen erinnert. Aber man kann das Vater-sein doch nicht mit zwei anderen Männern teilen. Einer von uns ist der Vater. Nicht drei – einer.

„Pass auf" sagt Alanna etwas gereizt, als sie in der Küche sitzt und ziemlich lustlos in ihrem Salat herumpickt. „Ich kann keinen Vaterschaftstest machen."

„Aber warum nicht?", frage ich nachdrücklich. Ich weiß, dass sie die letzte Person ist, der gegenüber ich gereizt oder aufdringlich sein sollte, aber im Moment kann ich einfach nicht anders. „Wie stellst du dir das vor? Wir erziehen das Kind gemeinsam und niemand wird je erfahren, wer der eigentliche Vater ist?"

Sie schaut mich mit verzweifelten Augen an. „Sebastian, ich habe gerade erfahren, dass ich schwanger bin und eine Abtreibung kommt für mich nicht in Frage. Das bedeutet, dass mein Leben gerade etwas aus der Bahn läuft, nicht zu vergessen, dass ich mich gerade erst dazu entschlossen habe, alles hinter mir zu lassen, und hierzubleiben. Wenn du dir stattdessen mehr Gedanken um die Vaterschaft machst und darüber, wer von euch den größten 'Anspruch' an dieses Kind hat-"

„Liebling, ich will einfach nur verstehen, warum ein DNA-Test keine Option ist." Ich kann sie gerade nicht ansehen. Tief im Inneren plagt mich mein Gewissen. Ich weiß, dass sie Recht hat und dass ich mich wie ein Arsch verhalte. Ich will aber trotzdem wissen, ob dieses Kind von mir ist.

Sie massiert sich die Schläfen. „Ihr seid Verbrecher. Eure DNA ist gespeichert. Und da ich den Test nicht selber machen kann, da mir hier die notwendige Ausrüstung fehlt, müssten die Proben an ein Labor geschickt werden. Mit anderen Worten, irgendjemand würde entdecken, dass die Proben, die ich eingeschickt habe, von drei geflüchteten Sträflingen stammen. Und ehrlich gesagt, weiß ich nicht, ob ich so gut lügen könnte, um eure Ärsche zu retten! Sebastian, Süßer, warum zur Hölle bist du so?"

Ich spüre, wie Wut in mir aufsteigt und ich will sie nicht an ihr auslassen. Stattdessen erhebe ich mich vom Tisch.

„Ich mache einen Spaziergang", brumme ich und sehe den Schmerz und die Verwirrung in ihren Augen. *Sorry, Süße.*

Ich sollte wirklich einen Spaziergang machen, stattdessen finde ich mich auf der Baustelle zwischen meiner und Jakes Hütte wider, auf der Alannas Hütte entstehen soll. Daniel und Jake gießen gerade die letzten Betonträger und legen das Fundament ihres künftigen Zuhauses.

Ich sollte ihnen helfen. Als sie mich sehen, lächeln sie und Jake dreht sich etwas schwerfällig auf seiner Krücke. „Hey, du hast das Mischen verpasst, hilfst du uns, die Luftblasen auszustreichen?"

„Wer von euch hat das Kondom abgezogen?", will ich wissen, bevor ich sie überhaupt erreicht habe.

Jake blinzelt. „Hä?"

Daniel reißt den Kopf hoch. Beide sehen mich mit skeptisch an. „Wovon zum Teufel redest du?", fragt Daniel vorsichtig.

Ich bleibe ein paar Schritte vor ihnen stehen und verschränke die Arme. „Wir haben geschworen, dass wir Kondome benutzen und dass wir vorher darüber reden werden, wenn einer von uns Vater werden möchte. Also wer von euch hinterhältigen Bastarden hat das Kondom abgestreift? Wer hat sie geschwängert?"

Jake schüttelt den Kopf. „Zur Hölle, Sebastian? Eins der Kondome muss gerissen sein. Seit einem Monat schlafen wir regelmäßig mit ihr – es ist keine große Überraschung, dass das passiert ist."

„Blödsinn!", schreie ich und werde ganz rot. „Einer von euch, hat sich nicht an die Abmachung gehalten und ich will wissen wer!"

„Hey, halt die Fresse, Sebastian!" Daniel richtet sich auf und stellt sich direkt vor mich; sein wütender Gesichtsausdruck überrascht mich. „Niemand hat das Kondom abgestreift. Niemand hat dich hintergangen oder dir etwas verheimlicht. Hör auf, dich wie ein Baby zu verhalten und hilf uns-!"

Bevor mir klar wird, dass ich überhaupt ausgeholt habe, landet meine Faust schon in seinem Gesicht. Daniels Kopf schnellt nach hinten und er taumelt rückwärts – direkt in den feuchten Beton.

Er ist noch nicht am Boden, da hat Jake sich schon vor mir aufgebäumt und schreit mich an. In meiner Wut höre ich ihn gar nicht, stattdessen hole ich wieder aus und setze zum nächsten Schlag an. Gerade als ich denke, wie befriedigend dieser Schlag sein wird, trifft mich etwas Hartes seitlich am Kopf.

Wie ein nasser Sack gehe ich zu Boden und rolle zur Seite. Jake steht mit geballten Fäusten über mir. „Hör sofort damit auf" fordert er mich auf.

Ich drehe durch. Endlich habe ich trotz meiner Vergangenheit jemanden gefunden, der mich liebt und mit mir zusammen sein will, da muss ich sie nicht nur mit diesen beiden teilen, einer von ihnen hat sie auch noch geschwängert und lügt deswegen. Schreiend stehe ich auf und werfe mich auf ihn – wir fallen beide in den Beton.

Beton ist nass genauso schwer, wie trocken. Es bleibt überall an einem kleben und zieht dich nach unten. Ich rolle von Jake herunter, bevor er mich schlagen kann – und versinke in der Masse.

Panik erfasst mich. Wie eine Schildkröte auf dem Rücken zappel ich nutzlos mit Armen und Beinen. Daniel und Jake beschimpfen mich und versuchen, sich ebenfalls zu befreien. Ich schimpfe zurück und haue beim Versuch sie zu schlagen, auf den Beton.

Daniel tritt mir in die Rippen und Jake schreit uns beide an. Ich fluche und versuche, Daniel zu treten.

„Was zur Hölle soll das?", schreit Alanna plötzlich.

Wir drei schauen nach oben. Als ich sie mit verschränkten Armen vor dem Beton-Fundament stehen sehe, steigen Schuld und Scham in mir auf.

„Sebastian hat den Verstand wegen des Babys verloren" stöhnt Jake auf und versucht, mithilfe seiner Krücke aufzustehen.

„Und als Lösung habt ihr beschlossen, euch zu prügeln und eine Runde Schlamm-Catchen zu veranstalten? Wie alt seid ihr, neun? Oh Gott, warum war ich nur einverstanden damit, bei euch zu bleiben?"

„Das ist nicht fair" erwidert Daniel stotternd und wischt sich Beton aus den Augen. „Sebastian hat uns angegriffen."

Sie schüttelt den Kopf. Tränen der Enttäuschung steigen ihr in die Augen. „Ihr Jungs habt gesagt, dass, sollten Eifersuchts-Probleme entstehen, ihr darüber reden und das klären würdet. Kein Drama. Und das hier? Das ist das Gegenteil von 'kein Drama'!"

Während ich mich langsam beruhige, schaue ich mich um und kapiere was für ein schlechtes Bild wir abgeben. Die Betonmasse ist zu einem Fliegenfänger für Idioten geworden – und ich bin der größte von ihnen. Ich versuche erneut aufzustehen. „Es tut mir leid. Ich will nur wissen, wer von diesen Ärschen das Kondom abgestreift hat!"

„Halt verdammt nochmal die Schnauze!", brüllt Jake mich an. „Niemand hat das getan! Glaubst du, einer von uns würde das tun ohne vorher mit ihr darüber zu sprechen?"

„Hört auf! Zur Hölle. Ich kann nicht glauben, dass ich euch vertraut habe! Ich wusste, dass es zu schön ist, um wahr zu sein" schreit Alanna uns an, als wir kurz davor sind, erneut aufeinander loszugehen. Fäuste, Füße, die Krücke... Betonbrocken fliegen erneut durch die Luft. Ich habe es in den Haaren, in den Augen, von denen eins - nach Jakes Schlag - zugeschwollen ist.

Nach unserem Kampf sind wir ziemlich erschöpft und sammeln uns wieder. Wir sind ganz verklebt von dem Beton, meine Füße stecken noch immer fest, und wir bluten. Das Fundament sieht aus wie ein Sandkasten, in dem Hunde wild herumgebuddelt haben.

Erst dann fällt mir auf, dass Alanna weg ist.

„Verdammt nochmal, Sebastian!" brüllt Jake, als er sich aus der Masse befreit und anschließend Daniel hilft. „Bist du verrückt oder einfach nur dumm? Jetzt haben wir sie verjagt!"

„Sie geht nicht weg, sie macht nur einen Spaziergang, um sich zu beruhigen", beginne ich – und erstarre, als ich das Motorengeräusch eines Bootes höre.

Oh nein.

„Was war das?" Daniel wirft mir einen tödlichen Blick entgegen. Unter diesen Umständen... kann ich ihm das nicht verübeln.

„Jungs, beruhigt euch", sagt Jake und hebt seine großen, betonverschmierten Hände hoch. „Das ist die Yacht, mit der wir nach Barbados gefahren sind. Sie hat kaum noch Sprit im Tank. Sie wird nicht weit kommen und wir können sie problemlos einholen."

„Und dann was?", grölt Daniel und holt ein Stück Beton aus seinem Ohr.

„Dann helfen wir ihr, sich zu beruhigen und reden über alles. Wir entschuldigen uns." Jake blickt mich streng an und seufzend nicke ich.

„Was, wenn sie nicht mehr bei uns bleiben will?", frage ich besorgt.

„Dann lassen wir sie gehen. Sie ist nicht unsere Gefangene. Hierzubleiben war von Anfang an ihre Entscheidung." Daniels Blick durchbohrt mich beinahe.

„Okay Jungs. Wir machen uns sauber und ziehen uns um, bevor

dieses Zeug komplett durchhärtet. Dann tanken wir das Schnellboot auf und suchen sie. Zum Glück hat Daniel einen Sender in der Yacht installiert." Jake wischt seine Hände an den Hosenbeinen ab und schaut mich wütend an. „Und was dich angeht, Sebastian. Du musst deine Probleme besser auf die Reihe kriegen. Wenn du sie vertrieben hast, werde ich dir das nicht verzeihen."

Wir duschen uns in der Außendusche ab. Die ganze Zeit bin ich hin- und hergerissen; einerseits will ihnen die Fresse einhauen, andererseits könnte ich mich selbst ohrfeigen. *Alanna. Ich darf sie wegen so einer Dummheit nicht verlieren! Bitte...*

Wir duschen uns so schnell wie möglich. Und als ich aus meiner Hütte komme, steht Daniel mit dem Radio in der Hand vor mir und ist ganz blass. „Noch mehr Probleme" sagt er.

Als er erklärt warum, werde ich rot – aber nicht vor Wut. *Scheiße.*

„Willst du mir sagen, dass wir heute ein Betonfundament gießen wollten, ohne, dass einer von uns vorher den Wetterbericht gecheckt hat, um zu sehen, ob das Ding Zeit zum Austrocknen hat, bevor der nächste Sturm kommt?" Ich blicke die beiden kopfschüttelnd an.

„So kann man das sagen" seufzt Daniel. „Ein Sturm zieht auf, wir haben in diesen Gewässern ein Problem mit Piraten und Alanna wird irgendwo, mitten in der Karibik, der Sprit ausgehen."

Ich beiße die Zähne zusammen und bin wütend auf uns alle. Aber am meisten auf mich. „Dann ist sie in Gefahr."

„Ja. Und du hast sie dahin gebracht." Jake wirft mir einen wütenden Blick über seine Schulter zu und humpelt in Richtung Tor. „Jetzt lasst uns das Schnellboot auftanken und ihr folgen!"

KAPITEL 19

ALANNA

W einend steuere ich die Yacht von der Küste weg. Eigentlich heule ich völlig aufgelöst und frage Gott, warum mein Glück bei Männern immer im Unglück enden muss. Das ist nicht fair. Ich liebe sie alle drei. Ich war glücklich auf der Insel.

Doch beim kleinsten Problem... musste es soweit kommen. Zugegeben, eine ungeplante Schwangerschaft ist nicht unbedingt ein kleines Problem, aber doch auch kein Schiedsrichterball? Auf dem Betonfeld waren mehr rote Flaggen zu sehen, als bei einer Chinesischen Militärparade.

Ich muss mich selbst und das Baby beschützen. Ich bin normalerweise niemand, der vor einem Problem oder einer Gefahr davonläuft. Aber verdammt nochmal, das letzte, was ich jetzt gebrauchen kann, sind drei Männer, die dermaßen eifersüchtig aufeinander sind, dass sie sich eine Massenschlägerei liefern und sich gegenseitig verletzen.

Ich kann dabei keine Rolle spielen. Nicht heute, niemals. Also bin ich gegangen. Ich hasse es, dass ich das tun musste. Es fühlt sich an, als ließe ich mein Herz zurück.

Ich bin mir sicher wohin ich fahre, während ich das Boot in Richtung Norden steuere. Ich schätze nach Miami. Nach Hause. Zurück in meine kleine, ungemütliche Wohnung, zu meiner ermüdenden Arbeit, einer handvoll Freunde, aber zu niemandem, der mich liebt.

Zumindest werde ich es bei dir richtig machen, Baby. Ich weiß zwar nicht, wie ich das alleine schaffe, aber ich werde dich nicht bei Typen aufwachsen lassen, die sich bei jedem Problem gegenseitig an die Gurgel gehen.

Ich habe mich einige Meilen von der Insel entfernt, als ich plötzlich bemerke, dass die Tankanzeige auf rot steht. *Oh Fuck,* denke ich. Daniel hatte mir einmal gesagt, dass sie die Boote normalerweise nie ganz aufgetankt lassen. Offensichtlich wurde dieses hier nach der Rückkehr von Barbados noch nicht wieder aufgetankt.

Ich wische mir die Tränen aus den Augen und schaue auf die Segel. Wenn ich den starken Wind fangen kann, könnte ich es zumindest bis nach Guantanamo Bay schaffen. Ich werde den Militärtypen dort zwar eine Menge zu erklären haben, doch ich denke, mir wird schon etwas einfallen, was den Jungs keine Probleme bereitet.

So wütend ich auch auf sie bin, ich werde sie immer lieben und mir Sorgen um sie machen.

Entschlossen weiterzufahren, setze ich die Segel. Es geht nur langsam voran und ich gerate ganz schön ins Schwitzen. Doch schließlich gelingt es mir, das Hauptsegel zu lösen und in den Wind zu drehen. Die Luft ist schwer wie Blei und die Feuchtigkeit so hoch, dass das Licht beinahe grün wirkt. Auch die Wolken erscheinen grün.

„Scheiße." Ich weiß, was ein grüner Himmel bedeutet. Ich muss an Land, bevor der Sturm losgeht.

Ich überlege kurz, ob ich besser zurück zur Insel segeln soll, weg vom Sturm und den Jungs die Möglichkeit gebe, die Dinge zu klären. Das klingt nicht nur verlockend – sondern auch logisch. Aber ich kann mich im Moment nicht mit ihnen herumärgern.

Ich bin gerade dabei, mich auf den Weg zu machen, da sehe ich ein Schnellboot, das auf mich zurast. Für einen kurzen Augenblick hoffe ich, dass es die Jungs sind, die mir gefolgt sind, um sich zu entschuldigen und zugeben, dass sie sich wie Ärsche verhalten haben.

Es ist eine Chance, die ich ihnen geben will – oder würde, wäre die Erinnerung an ihre Schlägerei nicht noch so frisch. Und dennoch hebt sich meine Laune, als ich das Boot sehe...

...bis mir klar wird, dass es aus der falschen Richtung kommt.

„Oh scheiße." Ich schnappe mir das Fernglas aus der Ausrüstungstasche, die neben dem Steuerrad steht und riskiere einen Blick. Ein halbes Dutzend dünner, wütender und schwer bewaffneter Haitianer zwängen sich auf dem Boot zusammen; ihre Augen starr auf die Yacht gerichtet, als erwarteten sie, Gold darauf zu finden.

Doch der einzige 'Preis' hier bin ich. Ich schlucke schwer bei diesem Gedanken und will nicht zu sehr darüber nachdenken, was sie wohl mit so einem Preis anstellen könnten. Ich bin entschlossen, diesem Schicksal auf jeden Fall zu entgehen.

Verzweifelt wühle ich in der Tasche, ziehe eine Signalpistole heraus und feuere sie ab, für den Fall, dass noch andere Piraten in der Nähe sind. Ich lade sie erneut und ziele auf ihr Boot. Falls ich ein Feuer an Deck auslösen kann, wird sie das für eine gewisse Zeit beschäftigen und ich kann entkommen.

Ich warte, bis sie sich nähern. Einige von ihnen haben mich entdeckt und zeigen schreiend auf mich. Ich beginne zu zittern. *Ich würde lieber über Bord springen, als dass diese Typen mich in die Finger kriegen.*

Das Boot rast weiter auf mich zu. Plötzlich macht einer der Piraten einen Schritt nach vorne und zielt mit seinem Gewehr auf mich. „Du! Amerikanische Schlampe! Zieh dich aus!" Die Männer lachen.

Ich feuere die Signalpistole in ihre Mitte und verstecke mich unter Deck, während sie in alle Richtungen springen. Die harten Platsch-Geräusche lassen mich vermuten, dass einige von ihnen den direkten Weg ins Wasser gewählt haben. Ich höre Gewehrschüsse und die Kugeln, die ins Deck einschlagen.

Dann folgt plötzlich ein weiterer Schuss. Ein einzelner Schuss, Großkaliber. Sofort hört das Schießen auf und die Männer beginnen gleichzeitig zu schreien und zu fluchen. Einen Augenblick später schreit eine vertraute Stimme etwas auf Kreolisch.

Es ist Daniel.

Dann ruft auch Sebastian etwas auf Englisch. „Ihr habt den Mann gehört! Lasst die Waffen fallen und verpisst euch, bevor wir euch durchlöchern!"

Jakes Stimme gesellt sich dazu. „Ich zähle runter von fünf. Fünf...vier..."

Platscher. Wildes Geschrei der Piraten. Ein weiterer Schuss – und dann startet plötzlich der Motor des Piratenboots und ich höre, wie sie verschwinden.

Erleichtert sacke ich zu Boden und ziehe meine Beine zu mir heran. Meine Männer sind gekommen. Sie haben ihren eigenen Hals riskiert, um mich zu beschützen. Tränen steigen mir in die Augen und dieses Mal nicht aus Verzweiflung.

Ich höre einen dumpfen Schlag und die Stimmen der Jungs. „Alanna?", ruft Daniel mit panischer Stimme.

Ich schließe meine Augen. „Ich bin hier" antworte ich mit zitternder Stimme. „Ich bin unverletzt. Ihr seid gerade rechtzeitig gekommen."

Im nächsten Augenblick duckt er sich zu mir und nimmt mich in den Arm. Seine ersten Worte lauten: „Es tut mir leid."

Ich weine vor Erleichterung und erwidere seine Umarmung. Ich kann nicht sagen, dass alles verziehen ist... aber sie sind mir gefolgt und haben mich gerettet, wenn es sonst niemand getan hätte. Sie haben sich ihre zweite Chance verdient.

„Das ist meine Schuld", gesteht Sebastian, als wir wieder nach Hause segeln; das Schnellboot ziehen wir hinter uns her. „Ich konnte mir nicht vorstellen, dass ausgerechnet ein Kind meine Eifersucht anstacheln könnte. Daran hätte ich denken sollen."

„Geht mir ähnlich" gibt Jake zu. Er hält meine Hand fest in seiner; sie sind noch immer ganz rau vom Beton.

„Mir auch." Daniel steht am Ruder und schenkt mir ein reuiges Lächeln. „Ich hatte nicht damit gerechnet, dass es dazu kommt. Nicht bevor wir uns irgendwann dazu entschließen würden."

„Nun, jetzt ist es so" seufze ich und lege meine Hand auf meinen Bauch. „Das hat uns alle überrascht. Und ich bin bereit, die Sache mit euch Jungs zu klären, aber ihr müsst verstehen, dass ich mich hier auf keine Kompromisse einlasse. Das Kind? Es mag nur einen biologischen Vater haben, doch es wird drei Daddys haben."

Ich blicke zu Sebastian. „Niemand wird ausgeschlossen. Und niemand drückt sich vor der Verantwortung. Gene sind eine feine Sache, die Elternschaft aus rechtlichen Gründen zu klären, ist eine feine Sache, aber kommt schon. Ihr glaubt nicht, dass das Kind denkt, es hat den Jackpot geknackt, wenn es drei statt nur einem Daddy hat?"

„Ich wäre mit einem zufrieden gewesen" antwortet Sebastian wehmütig.

„Nun, Süße. Da hast du nicht ganz Unrecht." knurrt Jake, während er auf seinem Sitz hin- und herrutscht. Er ist wieder ungeduldig. Auf ein Bein verzichten zu müssen, macht ihn wahnsinnig. „Also, was machen wir jetzt?"

Ich beiße die Zähne zusammen und blicke auf die Insel, die immer größer wird, als wir uns ihr nähern. *Zuhause.* Bin ich bereit, darum zu kämpfen? Um diese Beziehung, dieses neue Leben? Dieses ungeplante Baby?

Zur Hölle, ja.

„Wir gehen nach Hause und anstatt uns zu prügeln und im Zement zu schwimmen, klären wir die Sache. Und ihr macht so etwas nie wieder. Jedes Mal, wenn ihr einen von euch schlagt, schlagt ihr jemanden, den ich liebe. Und da werde ich nicht mitmachen."

Ich schaue sie ernst an. „Habt ihr das verstanden?"

„Absolut" antwortet Jake.

„Kein Problem" sagt Daniel und schaut Sebastian an, der kurz seufzt.

„Ja. Ich ähm... tut mir leid" erwidert Sebastian und schaut Jake und Daniel dabei an.

Ich sehe ihm in die Augen und verstehe seine Verzweiflung ein wenig. Niemand hat das Gefühl zur Seite gedrängt zu werden gerne und er hat mir erzählt, wie seine Kindheit gewesen ist.

Vom Vater verstoßen, immer auf der Suche nach Revanche, angetrieben von einer Wunde, die niemals verheilen wollte. Polyamorös oder nicht, vielleicht ist am Ende doch alles nur Instinkt.

Hätte ich mit jemand anderem ein Kind, wofür würde ich ihn brauchen?

Dennoch brauche ich ihn so oder so. Diesen großen Idioten. „Gut. Was machen wir also?", frage ich mit starker Stimme, um ihnen zu zeigen, dass ich die Schlägerei noch längst nicht vergessen habe. Alles, worauf wir uns konzentrieren müssen, ist die Zukunft und wie wir das alles gemeinsam überstehen.

Jake wirft sein Haar über die Schultern und deutet auf den Wind. „Heimfahren, sich auf den Sturm vorbereiten und den ganzen Mist klären. Aber zuerst nehme ich noch eine Dusche."

Einen Moment. „Sturm? Warum habt ihr Jungs Zement gegossen, wenn es regnen sollte?"

Jake errötet vor Scham, wendet seinen Blick ab und kratzt sich im Nacken. „Wir waren abgelenkt."

„Sehr abgelenkt", fährt Sebastian fort. „Du hattest uns gerade erst gesagt, dass du bleibst und dann haben wir erfahren, dass du schwanger bist."

„Ja" sagt Daniel zustimmend. „Ich schätze, wir waren etwas zu aufgeregt über die Möglichkeit, dir ein permanentes Zuhause zu schaffen. Und darüber haben wir vergessen, den Wetterbericht zu checken."

Lachend schüttle ich den Kopf. „Ihr Jungs seid bezaubernd."

Ich richte meinen Blick wieder auf die Heimat und spüre, wie meine Verzweiflung sich auflöst. Ich mache mir keine großen Sorgen wegen des Sturms, der auf uns zukommt. Wir werden das schon meistern, solange wir zusammenarbeiten.

KAPITEL 20
ALANNA

„Also Moment. Du heiratest sie alle drei? In welchem Land ist so was denn legal, dann gehe ich da auch hin!"

Rosa kuschelt meine Tochter an sich – momentan ein süßes, lila Bündel mit einem runzeligen Neugeborenen-Gesicht. Sie hat bei der Geburt geholfen und ist nun Marinas Patentante.

Es war keine leichte Geburt, doch wir haben es gut überstanden. Marina ist so gesund wie Jake. Ihr kleines, rotes Gesicht wird nach ein paar Tagen Muttermilch immer runder und nun tritt sie schläfrig vor sich hin und dreht sich hin und her.

„Es ist eine Verbindungs-Zeremonie. Wir regeln die restlichen Angelegenheiten – Marinas Erbe und so weiter – über eine lebenslange Treuhandverwaltung." Ich nehme einen Schluck Saft und zucke mit den Schultern. „Es ist nicht das, was ich mir für mein Leben vorgestellt habe, aber ich bin glücklich."

„Na, das ist das Wichtigste. Und, wer ist jetzt der Vater?" Das Konzept scheint sie noch immer etwas zu verwirren.

Ich kann es Rosa nicht verübeln. Ich hatte neun Monate Zeit, um mich an mein neues Leben zu gewöhnen und meine komplizierte Beziehung mit meinen drei wundervollen Männern zu regeln. Aber manchmal ertappe auch ich mich dabei, wie ich zu alten Denkmustern zurückkehre.

„Jake ist wahrscheinlich der biologische Vater. Ihre Augenfarbe hat sich zwar noch nicht geändert, doch ich vermute, dass sie grün wird. Aber alle werden sie großziehen. Sie wird drei Väter haben."

„Das ist unglaublich", erwidert Rosa strahlend. Ein paar Gurgelgeräusche und kleine Fäuste treten aus dem Bündel hervor. „Ach Süße, bist du wieder wach? Hast du Hunger?"

Ich danke Gott für so verständnisvolle Freunde wie Rosa. Seufzend nehme ich meine Tochter in den Arm. „Schon wieder? Wow, du bist ein ganz schön hungriges Mädchen!" Pflichtbewusst knöpfe ich meine Bluse auf.

„Und, wo stecken die Jungs heute Morgen?" Sie schaut sich hoffnungsvoll um. Rosa hat gerne etwas zu gucken und mich stört es nicht, wenn sie es tut.

„Bei Marcel und seiner Familie. Der Mann ist so aufgeregt, man könnte glauben, es war seine eigene Frau, die ein Baby bekommen hat."

„Und deine Männer?" Rosa zieht die Augenbrauen fragend hoch.

Ich blicke herunter zu Marina, die ansetzt und trinkt. Es war ein langer Weg und eine Menge Arbeit, doch es hat sich definitiv ausgezahlt. „Ihre Väter schweben im siebten Himmel. Alle drei."

Als ich auf diese Single-Kreuzfahrt ging, war ich auf der Suche nach dem Mann meiner Träume. Natürlich hatte ich kein Glück – der Mann meiner Träume war nicht auf diesem Schiff. Wie sich herausgestellt hat, gab es den Mann meiner Träume gar nicht – es waren nämlich drei.

Und doch habe ich sie gefunden. Wie konnte ich nur so ein Glück haben?

Ende.

© Copyright 2021 Jessica F. Verlag - Alle Rechte vorbehalten.
Das Werk, einschließlich aller seiner Teile, ist urheberrechtlich geschützt. Jede Verwertung ist ohne Zustimmung des Verlages und des Autors unzulässig. Dies gilt insbesondere für die elektronische oder sonstige Vervielfältigung. Alle Rechte vorbehalten.
Der Autor behält alle Rechte, die nicht an den Verlag übertragen wurden.

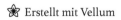 Erstellt mit Vellum

CPSIA information can be obtained
at www.ICGtesting.com
Printed in the USA
BVHW021453051222
653468BV00003B/51